U0919096

# 俄罗斯套娃

RUSSIAN TOWER

三三 著

译林出版社

图书在版编目（CIP）数据

俄罗斯套娃/三三著．—南京：译林出版社，2021.11
（现场文丛）
ISBN 978-7-5447-8574-7

I.①俄… II.①三… III.①短篇小说－小说集－中国－当代 IV.①I247.7

中国版本图书馆 CIP 数据核字（2021）第 015142 号

**俄罗斯套娃　三　三／著**

丛书主编　何　平
责任编辑　管小榕
特约编辑　李　蕊
装帧设计　一亩幻想
校　　对　戴小娥　蒋　燕
责任印制　颜　亮

出版发行　译林出版社
地　　址　南京市湖南路 1 号 A 楼
邮　　箱　yilin@yilin.com
网　　址　www.yilin.com
市场热线　025-86633278
排　　版　南京展望文化发展有限公司
印　　刷　江苏凤凰通达印刷有限公司
开　　本　850 毫米 × 1168 毫米　1/32
印　　张　9
插　　页　2
版　　次　2021 年 11 月第 1 版
印　　次　2021 年 11 月第 1 次印刷
书　　号　ISBN 978-7-5447-8574-7
定　　价　52.00 元

# 目录

Jul.

# 唯余荒野

她本来以为重逢之地将是黄泉，他们之中先到的那个推开孟婆汤，殷勤地对排在后面的人说，“欢迎插队，我还要等一个朋友。”五年、十年，或者未能以整数计量的零碎年份划过，等到另一个也姗姗来迟，他们友好碰杯，示意过去的都算了。然后，他们告别，涂着橙色腮红的孟婆无可奈何地望着他们，她见过太多，她对人间的执念一点都不感兴趣，只希望自己的工作时间别被这两个人浪费太多。

事情还没发展到那一步，在死亡将他们收网之前，她和邵老师在江春饭店碰头了。

她望见羞愧在邵老师的脸上涨潮，凭借从一次次吃堑中汲取的生存直觉，她意识到一个机会来了。她算不上那种特别擅长利用机会的人，但命运有时也会额外开恩。两个月后，她和邵老师结婚，她叉腰站在邵家老宅楼下，指挥搬场公司来来回回。

邻居们难改好事的天性，纷纷找借口过来探看这对黄昏恋人。“名副其实的第二春。”“哪里，人家是再续前缘。”人群中发出窃笑。那天她料到自己将成为焦点，特意去干洗店烫好一条绀蓝色的连衣裙，散碎的白色绣线缠绕在腰部。这是她最好的裙子，她要人们日后回想起那天时，牢牢记住她那闲言碎语难以诋毁的骄傲。但遗憾总是存在的，她想，要是他们当初就结了婚，陪他搬家时，她可以理直气壮地披上大红色，或是带有炫耀意味的桃粉色，可是现在不行了，能衬托出高贵端庄的蓝色成了她的最佳选择——只要稍微暴露出一些对这场婚姻的兴奋，那些苛刻的观众就会暗中轻视你。

她说她累了，让邵老师过来搀扶。暑气一视同仁地在人们身上蒸腾，不久，他们就被汗水粘在一起。他们坚持一动不动，两人像摆在烟灰色外墙前的一对雕像。“别动，挽紧我。”她说。但那有什么意义呢？自始至终，早娘都没有出现。

现在，她有足够的时间打量这个男人了。

三十多年过去，他浑身遍布衰老的征兆，如一个到处塌陷的蜂巢，她得到的只是没落的他。不过“没落”用词并不准确，其实他并没有什么堪称辉煌的时候。邵老师持有历史教师的身份已有几十年，再叠加一个班主任的身份则是他事业的巅峰。过去他们在江边吹风，他谈过自己的宏伟蓝图，组长、教导，再上去就要看情况了。她那时候就知道多半是空谈，他不是那种喜欢当头儿的人，要是让他发号施令，他肯定自己都坐立不安。她想错的一点是，当初她以为这是出于他温和的脾性，隔了许多年她才明白，或许是因为他害怕承担施令者的责任。

结婚前，她向他宣布三个要求。第一，工资上交。第二，不能和早娘见面。

早娘是邵老师家中最小的妹妹，婚姻破裂以后，她和邵老师一起住在邵家老宅里。听见她这样说，邵老师连忙问为什么。

为什么？她刻薄地重复一遍，三十年前他就知道为什么，总不能到了这时候忽然忘记吧。她故意不说话，拿那双积攒了无穷洞察力的眼睛觑他，保持着虚张声势的精明。

邵老师说，早娘也是可怜人，她家里的事到现在还没解决。

可怜的是你，她恶狠狠地想，不过并没有说出口。她想，那都是早娘活该，你怎么不去打听一下舆论风向，这么多知情者，有哪个站在早娘一边的？可是她嘴上却委婉地说，你都知道的，我们要重新开始，就应该有一个重新开始的样子。

邵老师佝起背，以便搁在桌上的双手能把金丝边眼镜往上推，问她，那第三个要求呢？

她说，既然这么难，我就不提第三个要求了。你是最守信用的，能答应这两件事情我就满足了。忖度之下，她又觉得给他施加一些压力更好，便又补充道，凭良心讲，我们再次见面的机会是老天爷额外赏的，你要是不愿意珍惜，我们分开也没关系。

她露出邵老师最不忍心见到的神情，半是装模作样，半是发自真心。

三天以后，邵老师如她所愿妥协了，他为早娘做了其他的安排。就在他搬走的第二个礼拜，早娘也脱离了那座即将拆迁的老房子，她未来的生活被再度绑定，新的依附对象是他们的姐姐和姐夫。

旧情比旧账翻起来更难，假如有人以为憎恨是贯穿始终的主心骨，那就低估了感情的错综复杂。回忆如吊车从往日的废墟中抓起闪闪发光的东西，那些分着喝完又捏扁的饮料罐头、奋力熬过的以为是婚前最后一个冬天、一场场未曾真正分离的告别。

他们默契地规避了常规的恋爱场所，反而挑一些黯淡泥泞的小路。邵老师有自己的说法，假如你把那些纵横交错的小路想象成一张巨大的棋盘，你会觉得那好像是平面化的人生。每走一步都有规律可循，每一次转弯都暗示着一个截然不同的未来，无论我们怎么走，都局限在棋盘之内。最重要的是，我们有幸一起走过了一段路。他那种不着边际的浪漫令她迷恋，有一次她让他把舌头伸出来，看看是否长了与众不同的甜蜜绒苔。他照做时，她脸红了。

他还带她去看过几次外国电影，昏暗之中，趁她对着银幕落泪的时候，他悄悄牵起了她的手。在后来的许多年里，每当她想起那些细小的触碰，一群陈年蚂蚁就娴熟地从她心中爬过。

像这样过了将近两年，当时两人都决心要往下走一步。邵老师曾提醒过她，“我有个妹妹，她和别人不太一样，不过她是个好人，你们会相处好的。”

一个色彩尚未搅匀的黄昏，她拎着水果去邵老师家的老房子。那时邵老师的姐姐已经出嫁了，为了见她，姐姐特意钻回到这座屋檐下。她一进门，看见一个黑黢黢的女孩坐在一把红色皮靠背的椅子上，双脚交叉，浑身上下所有的光都聚集在她的眼中，像两块背后隐藏着爆炸后漫天火星的陨石。接着才轮到其他人，邵老师和姐姐从她背后簇拥过来，她的注意力却在那个女孩身上挪不开。她听说她们年龄相仿，不知道为什么，那个女孩却看上去比她小得多。糟糕的预感往往出人意料地准确，她第一眼见到早娘，就嗅到了一股剑拔弩张的气息。

往后的日子里，早娘毫不掩饰对她的厌恶，惯于在苦难中潜行不是全然没有好处，她学会了如何折磨他人。冷漠、忽视只是酷刑之中最简单的部分，早娘把脏水倒得四处飞溅，把她的白纱裙染得斑斑点点。有一次早娘对她说，“他们都叫我黑牡丹。”她把头凑过去，问早娘，“是谁？”早娘笑着递给她一根玉米，不紧不慢地说，“车间里人叫我黑牡丹，家里人叫我早娘。”她疑惑地咬着一粒粒玉米粒，忽然左手摸到一摊软绵绵的东西，她慢慢将它从玉米芯里抽出来，才看清那是一条正在蠕动的金黄色巨虫。

她已经察觉到邵老师的懦弱带来的苦果，可她那时还天真，总觉得如此境况下最需要的是耐心，要等到有一天邵老师攒足勇气撞破早娘设置的路障，或者另外某一天，早娘厌倦了儿童过家家似的幼稚伤害。那恐怕是对早娘最大的轻视，她最后一次甩手而去时，终于明白到这一点。

那天下午，早娘趁她在家里打瞌睡时，剪光了她烫成波浪卷的头发。她惊醒得还不算迟，至少在子弹从黑色的猎枪口发射出来之前，她以为自己快死了，慌忙爬起来，才看清那是一管黑色的鞋油。

她尖叫着跑出房间，每一声都像抛出去的一把锋利匕首。她感到自己满脸青筋暴起，两行滚烫的泪水沿着脸颊滴下来。过去和未来忽然都消失了，她在一个无限循环的时间段中奔跑，无从消解的恐惧抚弄着她光秃秃的头顶。一切都结束了，无须仰仗任何告别的形式。后来邵老师也做过一些无谓的挽回，她母亲握住拖把死死守着门。其实他们都明白，那不过是靠道歉为她最后争取一点微不足道的颜面，叫她心里好受些。

谁会想到，多年以后，她还能重新赢回局势呢？

前夫去世得很早，她顺势吞并他的份额，成为这间房子唯一的主人。从前她总是坐在书房里，她对满柜的书一点兴趣都没有，只是坐着，让窗户微微裂开一条缝。她盘算着人生走到今天，究竟有哪些得失，等待那种被她视为魔障的怅然若失消散。现在她才意识到，飘荡在她胸口的积雨云只是源于寂寞而已。邵老师搬了进来，她失而复得的伴侣终究还是回来了，她很满意这样的变化。

她的喉咙变得愈发松弛，时常有一些无名小调从她口中冒出来。在她自制的背景音乐下，她把抹布濡湿，跪在地板上轻轻擦拭起来。眼下时节正好，梅雨季时缭绕在她腰间的酸痛已然褪去，做点家务反而让她更舒适。她快活地打量客厅西面的墙，白涂料剥落了几片，粗粝的碎石纹展露出来，像以前电视机停台时的满屏雪花。即便没破裂的墙面也不好看，霉斑、油渍、不知由来的脏东西占据了不少空间。她打算等天气好的时候，去马路对面请个工人过来，重新刷一遍墙。

邵老师在隔壁读报纸，她略微往上抬一抬脖子就能看见他。他们搬家的那一天，一件宽松的圆领T恤罩住了他松弛的身体，可并不是所有痕迹都藏得住。邵老师脖子上布满了刮痧留下的红印，宛如一根根盘旋在肉柱上的吸血虫。见到他时，她吓了一跳，她想象早娘一如当年狡猾又甜蜜地说，“我最后再给你刮一次。”然后，早娘把无辜的瓷勺捏得嗞嗞作响，歇斯底里地进行自己的创作，而他默不作声，内疚赋予他承担疼痛的力量。她明白得很，这些张牙舞爪的印记是早娘给她的警告。如今，它们已经消退干净，褶皱成了邵老师脖子唯一的缺陷，这无疑是一个良好的征兆。

一阵敲门声响起，她把抹布丢在原地，一手撑着桌子站起来。

“这是什么东西？”

她疑惑地望着门口两个塑封箱子，快递员不理会她，气急败坏地抱怨天气炎热、箱子沉重、敲了许久才开门，他就像一串点燃的鞭炮。她还没反应过来,快递员抢过她签字的面单,转身走了。

她半开着门,叫唤邵老师一起来搬箱子,她刚问出口“你买了什么东西啊?”,一股凉意忽然从她脚底心浮上来。她搓动扣合的双手,仿佛是一个久经沙场的赌徒在祈求翻盘的那一刻。

谁也没有买过东西,他们一起把箱子推进客厅,两个箱子堆在面前,他们面面相觑。她急于弄清楚发生了什么,就催促邵老师快点启封。在他动手期间,她紧紧盯着被拆的箱子,自身俨然化作拆封的那把剪刀,她几乎能感到塑胶在她身下破裂,仍然黏稠的两侧胶带依依不舍地分开。

她看清了箱子里的东西,真相驱赶走关于魔盒的想象,把日常生活证明得更加真实。她松了一口气,把手伸进去抓了一把:荔枝,满箱荔枝,漫山遍野的荔枝,铺天盖地的荔枝。它们躺在白色的泡沫塑料中,怀着各自千奇百怪的纹路,一些枝叶与果实相连,鲜翠欲滴。她张开双臂稍稍丈量了一番,她说,“两箱至少有八十斤,或者更多。”

她幡然醒悟似的抬起头,张口结舌。她发现邵老师同样一脸错愕,更准确地说,他的错愕出于知情者对于事件本身的评判。他在看到荔枝的一刹那就知道了,是早娘寄来的,荔枝是他们两兄妹最喜欢的水果。可是,她这样做想传递什么信息?她明明知道,他们一个夏天都吃不了那么多荔枝。

他突然咳嗽起来，不可抑制地，像战地响起一阵惊慌失措的枪声。此刻，他脑子里正想象的，是所有荔枝都塞进冰箱的画面，为了装下它们，他必须拆卸冰格，锯下栏杆，还需要一些推力通过挤压来尽量腾出空间。完成一切的时候，冰箱里就像挤着一只扭曲的棕红色软骨章鱼，最后他关上了门。

他们都知道，问题从来不在于荔枝。

一斤斤荔枝从箱子里取出来，重新包装以去掉它们的晦气。他们各自送了一部分给朋友，剩下的推到小区门口的保安室，随便他们怎样处理。

邵老师从他们自己留下的两斤里摸出一把，讨好般伸到她面前。他教她，荔枝果壳的球面中央有一根线，只要在荔枝顶端对着这条线轻轻一捏，荔枝壳就会沿着线裂开，随后把拇指伸进去，轻而易举就能把它剥开。

吃到第二粒的时候，她狐疑地瞥了他一眼，那么，又是谁把这么细腻的一套吃法传授给他的呢？

她默不作声，暗暗计量着这段时间以来，他们两人在生活上产生的落差。他总要把被子叠得棱角分明像一块云片糕，这几年已经没人那样做了，大家都习惯把被子平铺，然后笼上床罩。还有一次，她做了酸辣土豆丝，他夹了一筷子就皱起了眉，他说，要是放点糖就好了，不然没法吃。现在，这些线索串联起来，她终于想通到底哪里不对劲——她过早地欢庆了胜利，敌人并没有真正消失，只是以更隐晦的方式介入了他们当中。他和早娘一度形成一个与世隔绝的空间，他们从不出远门，几乎不在外面吃饭，处事有自己的逻辑与方式。如今，她把他从那个怪圈里拯救出来，可他反而在外面的世界中感受到了敌对，他们过去的生活痕迹、早娘让他养成的习惯，无一不跳出来与她作对。

实际上，剪光她头发的那天，并不是她们最后一次见面。多年以后，在一家频繁陈列折扣商品的超市里，她通过背影就认出了早娘。早娘一个人靠在手推车边，车里装满各式各样的纸巾，她一次性买那么多纸巾做什么呢？不过，她的注意力没有被这些小事分散，更让她触目惊心的是，早娘穿了一件透明的线衫，黑色内衣清晰地从里面露出来。她往前走几步，隔着一排货柜偷偷观察，早娘的正面呈现出来了，她清楚看见她内衣上金色的玫瑰花刺绣。她感到全身发麻，好像有一面锣鼓敲击了她的两侧脸颊，她替早娘羞耻，不知道为什么，羞耻的人反倒是她。

那是早娘和丈夫分居的第二年，这个女人穿着这样不知廉耻的衣服，和大龄未婚的哥哥住在一间屋子里。她双手撑在饼干柜上，几包蓝莓味的饼干条掉了下来，她想弯腰捡起来，一股浓烈的恶心感涌了上来。

“她可能心里不开心，很快就会过去的。”邵老师说。

邵老师想错了，尽管他们曾经共享一个极其狭窄的世界，他的判断仍然不可信任。早娘没有停止邮寄，一些零碎的东西出现在他们家中，最令她毛骨悚然的是，有一次她收到了一袋折好的锡箔。

“下个礼拜妈忌日，照规矩是长子来烧锡箔，她没有别的意思。”

她原本不打算发作，可当初被剪光头发时狰狞的感受瞬间在她心中复苏，那是她人生中被固定住的时刻之一。她数不清有多少次，面对埋伏在人生谷底的一个个黑洞，她总是想到早娘，早娘怀着变态的恨意，彻底溶解在她的生活中。修葺多年的盔甲破裂了，她被打回原形，一个手足无措的女孩拼命奔跑，一个诡计多端的恶魔正狂暴地追赶。人永远无法战胜恶魔，最好的结果不过是找到一个躲避之处，但四周唯余空荡荡的荒野。

她是被早娘拖入这场斗争的，在这样的年纪，她们竟然还通过这般手段进行较量。可是有什么办法，她为早娘的挑衅几近失控，只要多年前那根心中的刺没有拔掉，她永远都不会甘心。她举起杯子、酱料罐、烟灰缸、装饰用的陶瓷羊，砸向墙壁，她像一个激愤却无能的弓箭手。

那是早娘最后一次寄东西来，或许邵老师跟他姐姐讲过什么，姐姐想办法说服了早娘。不出几天，一个陌生号码打通了邵老师的电话，他接起来发现是早娘的前夫，她这才明白，一个新的困境被送到了他们家来。

自从离婚以后，早娘把前夫和女儿一笔勾销，也从未付过女儿抚养费。前夫一直纠缠不休，花了很多年才接受事实，那是一笔收不回的债权。最近，前夫突然接到了早娘的忏悔电话，她痛哭流涕，她说她一直思念女儿，只是她没法付钱，她的钱都在她哥哥那里，现在她哥哥又结婚了，把她所有的积蓄都卷走了。

那个男人不时打电话来，有一天电话铃甚至在午夜响起，邵老师摸到电话时睡眼蒙眬，他“喂”了几声，对方一直没有说话，他也随即沉默下来，这时他听见风呼呼吹动的声音，似一阵狂风肆无忌惮穿透荒野时发出的暴君般的呼喊。不知过了多久，那个男人说，你等着，我知道你住在哪里，你等着。

这次邵老师找不到任何辩解之词，他对事实的构造非常清楚：他没有拿任何属于早娘的钱，他甚至每个月都给她一些补贴。邵老师木讷地靠着沙发坐下，她走过去，轻轻将手压在他的肩膀上。邵老师失魂落魄地抬起头，当他们眼神相交，她惊讶地发现了一种让她颇为受辱的东西：内疚，他竟然还怀着那不知所措的内疚。

早娘打算移居江西，去那里和一位独居的旧邻居做伴，一个老姑娘。

整整半个月，他们寝食难安，他们想过养一条狗，再凭借一道新的防盗门将他们纳入安全地带，他们也想过束手就擒，如果亡命之徒真的走进这扇门，那就把他的勒索清单上的东西都给他，无非是钱，反正到了他们这个年纪，金钱的价值每年都在折损。然而，那个放下狠话的男人始终没有出现，他们却等来了这样一个拨云见日的消息——早娘要走了，她做出这样一个选择，像是要从眼下的生活中提前退场。

她知道早娘的情况，她什么都知道。

很多年前，他们背对着那个善于隐藏在暗夜之中的黝黑女孩，他告诉她，早娘智商比普通人低一点点，母亲去世前最担心的就是她。他紧接着说，她虽然智商有些偏低，可她远远比大家都聪明。她回头看了早娘一眼，那个女孩正在折牙签，满桌都是木头的碎片。她反驳他，不，她只是恶毒，她把自己不理解的东西都毁了。

邵老师接完姐姐的电话，表情紧绷如几近破裂的鼓面。她于心不忍，同时也怕他迁怒于她，于是她决心网开一面。“你给她打个电话吧，”她补充说，“要当着我的面。”

他们之间空气的密度忽然变得很小，以至于她的声音花了很长时间才传到他耳朵里。他缓缓笑了出来，像先天迟钝的鹅在同伴散去后，悠悠刮出最后一朵孤僻的水花。他说不用了，不用了。

象征赢家的勋章已牢牢握在她手中，这次不会再出错，她最后要做的收尾工作，是让他接受现实，加速化解这块迟早要消散的瘀血。

她在旅行社订了一个千岛湖的双人行程，她明白一个新环境的力量，即便是短暂的，也足以激发人们健忘的潜能。邵老师和早娘一起生活的那么多年中，从未离开过这座城市，他们所走的路从不超过必要的范畴。他们之间有许多没说出口的规则，全凭默契达成一致。她偶尔能意识到其中的一两点，那超于世俗的部分令她胆战心惊，但她想到邵老师剩下的那截生活全由她来打理，无人干扰，便又恢复了一点信心。

他们坐在前往千岛湖的巴士上，周围多是和他们差不多大的老人。窗帘与窗帘之间仍有罅隙，日光毫不客气地窜了进来。她给邵老师戴上一顶褐色的遮阳帽，替他调正帽檐时，她发现他嘴唇紧抿，脸上还残存着起伏不定的云翳。她克制住心中突然腾起的蓝色火焰，冷淡地问他，你一天到晚都在想什么心事？

他没有被她的咄咄逼人所感染，或许他已经习惯于驯服，不是被某一个特定的主体所驯服，而是面对所有外界的风浪都能逆来顺受。他说，他在想一些往事。那是好多年以前，他十岁出头。其实精确地算出隔了多少年也不难，但到了他那个年龄，数字已不能够表达时间的体感，时间变得愈发轻盈。那时他帮母亲给人送鸡蛋，有一天下了暴雨，雨水使劲往地面冲撞就像怀有仇恨。他骑着自行车，在砚台般幽暗的天色下匆匆穿行。摔倒的风险时刻都在，可他们周围的人谁不是像摸彩一样，怀着侥幸的心理与风险较量。不幸的事情终究还是发生了，骑到一个十字路口的时候，链条打滑，他连人带车倒在水沟里，车篮里的鸡蛋全部摔碎了。他在雨中站了一会儿，膝盖正汩汩流着血，他看见深红色的自我正在脱离他的身体。他痛哭起来，拼命咳嗽，想把那些困扰他的东西压出体内——这些事情现在想起来，仍然有些说不清楚的痛苦操纵着他。

他继续说，那天母亲拿着尺，让他跪下。她猛地挥手，钢尺在他背上抽出一条红印。母亲生过九个孩子，活下来的三个孩子全部在哭，他记得早娘扑过来说，妈，你也打打我，他明天还要到北新泾挑菜，你打我吧。那时候他对早娘说，他永远要对她好的。

“你对她够好了。”她说。

“我知道。”他说，“我没别的意思。其实我们以前一起住的时候，也有很多不开心，我一直跟她说，她做事总是用力过猛，她不明白。”

他们在导游推荐的店里喝了鱼汤，镀了一层淡黄釉彩的勺子从大锅里浮出来，像一具小恐龙的骨骼。乳白色的汤汁打着转，细长的葱缠绕在鱼薄薄的躯体上。鱼不小心挑大了，也可能挑选的那条小鱼被店家偷偷换了，这样就可以骗他们为超出需求的部分买单。吃鱼的时候，他们默不作声。汤烧得很咸，他们举起筷子扒下一片片鱼肉，吐出锋利却易断的白骨。一些鱼汤溅到了红桌布上，他们什么都不管，安分守己地吃着碗里的鱼，仿佛承受粗滥的料理、承担商家的骗局都是旅行的职责之一。

他们沿路走回去的时候，邵老师感到肾脏不舒服，肾上好像挂了两桶沉甸甸的水泥。她望着他苍白的脸色，思忖他是真的不舒服，还是因为低落情绪催生了他臆想的病痛。她心中一惊，她从什么时候开始如此多疑？她陷在一场后遗症里了。她问他，你知道肾脏在哪里吗？她拿手往他腰间摸了摸，只摸到两块骨头。她继续问，以前有过吗？他痛苦地摇摇头。

天气已转凉，酒店配置的空调在头顶发出虚弱的嗡嗡声。她蜷缩在被子里，怕稍稍一动，原本捉襟见肘的热量就会驱散。大半夜的时间似乎都浪费了，她向万花筒般的梦境投去匆匆一瞥，怎么都无法进入一个更深层次的睡眠。早些时候，她梦见自己身处一座巨大的地宫，四面围着人鬼难辨的物种，她是队伍里唯一一个撑伞的人。雪山也在梦中闪现，她坐了一辆开得很慢的三轮车，有人告诉她，“你被埋在以你名字命名的喷泉底下”，这是原话。到了梦的晚期，她已经意识到自己在一场碎片式的梦里，死亡的隐喻只是虚张声势，但这反而暴露了她的局限——她不具备控制梦境的意志，梦里的她脆弱异常，双腿发软，声音嘶哑，她想逃脱的困境往往生根成某种桎梏，也从来没有人爱她。

她醒在半夜，窗户开了一扇，黯淡的天光潺潺翕动，金色的月牙像安在夜空中的一枚铜把手。然后，她才看清那个漆黑的人影——他站在那里，他的白发与蚌一般的褶皱隐藏于黑夜之下。

她睡眼惺忪，问他，怎么了？

他转过身子，塌陷的侧脸朝向她，就像皮影戏的一个剪影，一张没有实体存在的面孔。她无法获悉任何具体的东西，只听见他有气无力地说，他想家了，想回去。他说，现在他想明白了，故乡不是一个空间上的概念，不是人们为了谋求发展所抛弃的那个出生之地，而是一个时间上的概念。时光之流永远朝着同一个方向，人们每划一次桨都在远离故乡，不可逆转。所以，“还乡”其实是伪命题，人们无法回到故乡，从前失去的一切都不再有第二次弥补的机会。

那些深夜的喋喋不休，在聆听对象重新被昏睡俘获之后，陷入虚无。

这件事情究竟哪里出错了？她对着镜子扣上衬衫的最后一粒纽扣，现在，当她有机会看见自己的形象，哪怕只是在大雨倾盆的日子里，低头看见自己湿漉漉的影子，她都忍不住扪心自问，自己到底犯了什么错。

这是第二年春天，她买了一个黑色封面的本子，开始写日记，短暂的、破碎的记录。她刚在其中一页上写下“好景不长”，钢笔如发生事故的石油厂，蓝黑墨水洗劫了苍白的单线纸。她在风里颤巍巍地行走，手中提着的布包边缘几乎磨损，但尚能放下她为他熬好的汤。桃花开得晕头转向，轮到落絮履行装扮春日的义务了。在通往医院的路上，落絮形成了一道不真实的特效。最可怕的，就是快要迫近人生终点的时候，一些超现实的困惑让你怀疑全部的人生都是虚假的。她不能接受，短短半年时间，他怎么就躺进了医院，身体肿得像一个酒瓶，成为许多管道的载体。

他的情况每况愈下，最初还能和她交谈几句，虽然他一开口就叹息，大部分气都接不上来。可那并不是最差的，他如今连清晰的神志都丧失了，他分不清时间，也不知道自己在医院里，时空常常错位。

有一次，护士给他吊完针。他敞开干枯的双手，就像耶稣在最后一次晚餐上那样，一双临终的、意味深长的手。他说，我想看看集邮册。她凑上去问，什么东西？他告诉她，就在五斗橱最下面，放在一个墨绿的铁皮盒子里。她想了很久，才知道他说的是那间老房子，她有些弄不明白，因为那个五斗橱早就弃用了。

另外一天，他迷迷糊糊地哭了起来，模糊的声响从他嘴里冒出来。那时他的病更严重了，他的存在方式以睡眠为主，成天做梦。她细细地听他讲的话，即便沙子正在手心流失，也想抓住那最后一点点。许久，她终于分辨出他说的，“妈，鸡蛋敲碎了——全碎了”。

她不知道怎么回事，她自以为早已尝尽百态的脸上流下了泪。

他回去了。他跳上一条残破的船,用尽全力划桨,最终逆流而上。所有枯死的花草从半空中吸食了生机,所有已合拢的云轻轻裂开,阴霾终究有了破解的方式,日光的碎屑在河面上此起彼伏,浮光跃金。所有遗憾的事情,都有了再次选择的机会。而他抵挡住一切诱惑,在河流尽头的破旧小屋前停下船。她们出来迎接他,姐姐、妹妹、还没意识到自己大限将至的快乐母亲。他的口哨声把翠绿的草尖吹出了倾角,他欢呼雀跃,跑进每一个人的怀里。

她并不是为他回到早娘身边而气恼,不是因为她发现自己前功尽弃。

她只是忽然明白,其实他们才是完整的。当她精心打扮后闯入那间闭塞的小屋,真正战栗不止的是那个弱智女孩,她的优雅,她的美貌,无一不对女孩造成伤害,她根本没有还手之力。女孩处心积虑地报复她,恶毒却收效甚微,女孩永远不可能对她造成实质性的攻击——她仍然聪明、拥有继续寻找归宿的敏锐嗅觉、懂得分辨生活的好坏与自己的需求,她失去的不过是一点头发而已。她之所以逃跑,也许源于她早就看穿了女孩一无所有,她承受不了那种竭尽全力的恶意,可是更痛苦的,难道不是那个女孩吗?没有人知道女孩背地里流过多少眼泪,她在晴空之下装模作样地站着,只有她一个人看见世界在瓦解,万念俱灰的高楼纷纷倒塌。

她回想起她和早娘之间可笑的战争，她本不该卷入的，但她也付出了代价。她用焕然一新的眼光打量这场战争，她发现参与其中的人没有赢家，每个人都在战场中失去了宝贵的东西。

现在她很清楚事情的结局：他将继续往河流的下游漂荡而去，用加倍的速度，她甚至没有机会和他道别。他不会再上岸了，往后的日子里他也没岸可上。他那双笨拙的脚始终悬在空中，直到人们把他搬进另一个新的船舱，他才恍然大悟似的，如一片黯然失色的枯叶，迅速地破碎成灰。

她会重温那段焚烧炉前的经历，以沉默，以毫无价值的泪水。

他的遗体被送进船舱形的炉中火化，火焰如饥渴的鼠群从四面扑过来，死者尚未干瘪透的内脏、被殡仪员矫饰过的容貌——他在人间的所有物理性痕迹，瞬间消失在大火之中，此后他只以抽象的形式存在，作为对他人生的最后收尾。

然后，她把他送去那座早就选好的墓地。在他们危机意识突增的某一年，兄妹三人一起买了墓地，母亲去世得早，他们从来都是相互照顾的。他先进去安家落户，要不了多久，姐姐和早娘也会前来定居。

她现在一点都不计较了，她彻底失去了争抢的雄心，她知道这次没人会等她了。她将独自穿过狭长的甬道，光与影都落在她身后，但她对人间已经了无牵挂，到最后，人们面对的是殊途同归的一件事。

Aug.

# 恶有恶报

亲爱的M：

我成了先投降的一方，白旗在我头顶戳出一枚宣告失败的印章。

为了谋求和解，我们一度讲过许多言不由衷的体面话，也一致同意中断联系。然而，当尊严重新落进我的生活，我忽然发现这种饱满的状态令人羞耻，我们为这些抽象的东西所牺牲的爱，无疑是得不偿失的。

在上一场梦中，我们重逢于一间暗室，你还是原来的面孔，毫无增删，精密钟表体内连一小片铜锈都没脱落。当我试探性地向你伸出手时，你重新化作一团灰烬。我沿着唯一的出路走出去，天空垂落下来。我知道你会怎样形容它，"昏暗""阴霾重重"，你会说"天空心事多得走样"，或是"引力相反的灰色海水已经吸尽了灯塔之光"。我们从前沉湎于这样的语言游戏，为明知无意义的创造沾沾自喜。可如今我无法继续与你较量了，痛苦迫使我往事物深处游荡，我所看见的不再是天空灰蒙蒙的表象，我知道更多——要是有人把天空撕开一个角，他会看见的准是"谢谢惠顾"四个字。

你知道的，你是我痛苦的源泉。我们曾用作药物的理性，现在也无法对我生效了。

所以我打破了规则，再次给你写信。

我最近辞了工作，你知道的，我和滚烫的显示屏、永远无动于衷的同事早已相互厌倦。无所事事的时候，一个新的标识牌在我脑中竖起。我想再开始写小说，写出一些能获得你认可的小说，要是有一天它们能结集成册，我就在扉页上写“献给M”，我会以向庸俗妥协的方式取悦你。

最近，我在想一些关于“恶”的问题，我想以小说的形式来探索。而这里又涉及另一个问题：文本伦理。在小说中，我们是否可以尽情展示恶毒？还是应当受到道德的约束？我不知道，或许我只是做一些与感情毫不相关的事，以便消解你的存在。

下面是那篇小说的一部分，我还没写完，基于我眼下破碎的状态，可能写不完也说不准。希望你回信给我，哪怕只是针对小说就事论事也好。

祝你百毒不侵，祝你肩颈无忧，祝你从鱼腹中摸到海底宝藏。

三三

每逢夏天，地狱就会上升一段距离。

人们不在乎，许多人早就凭本事在地狱占了一席之地。

如果本该属于地狱的人不小心进入天堂，那无异于一种极为残忍的惩罚，这是大家达成的共识。不过，这里的人普遍务实，相比死后抽象的归属，更让他们难受的，是眼下被地狱之火炙烧的空气。无数滚烫的凝珠在空中爆裂，热风堵住人们的呼吸道。“该死的地狱。”的确，夏天配得上这些咒骂。

他们的乐园也毁了——其实是几根水泥管道，过去，他们在里面捉迷藏。夏天一来，游戏废了，只要把手放在管道上，几分钟之内就会被烤成猪蹄。没人会这样做，他们还没穷到要吃自己四肢的地步。

有三个男孩，两个十一岁，另一个九岁，人数刚好达到形成一个集体的最低标准。

一个十一岁的男孩凑巧带了一本《新华字典》，他从口袋里掏出破旧的字典，像一块红色的烛油膏。他翻了几页，读到“天干”的词条，惊喜地一拍大腿。

“甲乙丙丁……甲，乙，丙，丁。”他重复念着，并提议用天干作为他们的代号，他是发现天干规律的那个人，无疑应该由他当“甲”，带头大哥，笔画也比后面几个多，可以说非常气派。

“你知道法厄同为什么会从太阳车上掉下去摔死？因为他太高估自己。”另一个同龄男孩面色铁青，仿佛贴了一张青蛙皮似的，再往下是健硕得不可理喻的身体。乙一看见那张凶恶的脸，没错，他甚至都不用搞明白法厄同是谁，他就成了乙。在任何时候，暴力都是无可辩驳的权力，前提是暴力足够强大。

“好吧。”乙咕哝道，“什么倒霉事都落在我头上。”

“你是说你要有个弟弟的事吗？”甲哈哈大笑。

“放屁，我妈只要一生下来，我就掐死他。”

“别这么刻薄。”甲一挥手拍了下乙的头。

“我有个要求，丙这个位置得留给我死去的弟弟，他只能当丁。”乙想方设法给自己增加筹码，一边指着角落里一声不响的丁。乙并不是没有心虚，但凡以后有新人加入，就是他出丑的时候，因为他不大确定接下去的“戊”字怎么念。

“成交。”甲满不在乎，丁只有九岁，还没获得在乎的资格。这个夏天，他搭上两个高年级学生，这已经是一辆顺风车了，他还想怎么样？

从某个角度而言，他们已经是一支成熟的队伍了。他们有自己的队歌——埃尔加的《威仪堂堂进行曲》，甲从一盒磁带里听来的。他在小广场上给两个小弟哼过，当时太阳像一个开太大的淋浴喷头，耐力差的蝉从树上落下来。这段旋律他听过无数遍，熟知提琴和单簧管的每一个节奏，可是他一开口，整首进行曲都走样了：奔跑的骏马摇身变成了羊驼，一个步兵绊了一跤，其他人像多米诺骨牌一样纷纷扑倒。他唱了不到一分钟，自己听了都想撞树，就靠闭嘴来保留威严。

他们有独特的目标：成为方圆百里最恶毒的人。要是他们稍微有点脑子，就会换个目标，比如成为最有钱的人。当然，那样的话希望更渺茫，何况他们三个加起来只有三十一岁，他们想成为什么样的人，根本不需要符合逻辑的理由。

他们并非不学无术，相反，乙的阅读量有河马的嘴巴那么大，至少超过九年制义务教育的标准好几倍。乙曾经在一本社科杂志中看到，大部分杀人犯都有虐待动物的倾向。他灵机一动，把这个结论反馈给其他两个人，他们三个一起拍案叫绝。这就是他们作恶的起点，用各种方式虐待动物，每捕捉到一只更大一些的牺牲品，他们就往上走了一级台阶，目前的阶段性目标是杀掉一个人。

他们下手的动物种类繁多，甲保管着一本硬面抄，里面记录了他们每一场以毁灭为主题的小队活动。本子的封面上有一只呆滞的企鹅，他们嫌它看上去太傻，就用黑色记号笔涂满它的脸。

开始总是轻一些的惩罚，他们挤了半管牙膏，混上盐和洗洁精，再在盆中加大量的开水。他们把能抓到的昆虫全都撕了翅膀，丢进盆里。小虫一般就此晕厥，但蟑螂还是会跳，螳螂也颇为不屑。第二次，他们下决心要动真格。他们抓到一只老鼠，这可是全球通用的实验物。甲起了头，他拿一根缝衣服的针扎进老鼠的眼睛，一层磨砂般的膜从瞳孔底下泛了出来，然后是第二只眼睛，他不打算拔出来，直接拿针戳穿了老鼠的头，那老鼠比在碗筷之下的任何动物更鲜嫩多汁，他们饿了。他们剪掉了老鼠的嘴，又用订书机把破裂的部分订起来。他们的体重化为一座座跳迪斯科的高山，老鼠就像一只怎么都踩不破的气球。

轮到猫的时候，丁还以为会是一道迈不过的坎，但结果出乎他的意料。他们用上了大别针、麻绳、钻头、一把折叠的椅子、汽油、火柴，还有一点点牛奶，丁每次被妈妈逼迫喝牛奶都肚子疼，但它和猫耳朵里流出来的血混在一起时，颜色很好看。至于体形再大一些的狗，这是他们都羞于谈起的。他们只是在路上捡了一只死狗，从侧面剖开它，每个人挑出一样它的内脏。腥臭味在盛夏得到了加持，丁差点吐在身上。

“怕个鬼，狗血可以辟邪的。”甲说。

“就是，下次弄个活的。”乙说。

到了下次，这件事却没再被提起。他们中当权的那个决定略过这一步，直冲向一个更加刺激的新对象——那个畸形女孩。有了明确的对象之后，他们重振雄风，走路的姿势雄赳赳，气昂昂，简直可以和动物界第一得意的大鹅媲美。

那是下午，要享受日光浴可得抓紧了。畸形女正坐在轮椅上晒太阳，她身体太小了，周围垫满棉花。老头也在，他瘦了一点，黑得更加离谱。他穿着有破洞的白色背心，一条长裤比他的腿还长出来一些。如果有个算命先生路过，也许会告诉老头，你将死于绊倒。

不知道的人还以为老头是卖电动狗的。三只电动狗摆在他的棚屋口，金黄色，脖子上统一用红丝带系着铃铛。狗腹下有一粒黑色按钮，轻轻一拨，电动狗就以每五步叫两声的频率动起来。老头经常这样，大张旗鼓地把玩具放在门口。他自然有他的用意，指望着小孩子看到玩具会停下来，走过去，陪他女儿玩一会儿。不过，他实在低估现在的小孩了。像他们三个那么大的孩子，早就不吃这一套了，但这并不妨碍他们偷掉一些玩具，他们喜欢看人家雪上加霜。

“下午好啊。”甲悠闲地和老头打招呼，仿佛他就是来借个火。

不识趣的老头面露喜色，他把那把旧藤椅往他们站的地方移了移。他眯起眼睛，看清楚他们的脸时，老头冲着甲说，“哦，是你们，你这个夏天又长大了，我快认不出了。”

甲乙两个对视一眼，随即大笑。丁耐心等到他们停下来，指着畸形女问老头说，“她多大了？”

“她……她没有年龄。”老头说。

乙对丁提出的问题非常不满，尤其是丁的声音完全是儿童的调性，比他们两个高一个频段，乙觉得这个提问令他们蒙羞。乙朝老头跨了一步，故意笑嘻嘻地说，“老头，把她借我们玩玩呗。”

“啊，好孩子，你们是来陪她玩的。”老头站起来，示意他们等一下，接着他拖着长裤往棚屋里走。

“滚你妈，谁是好孩子！”乙气急败坏地在后面叫道。

看护人走了，他们紧紧围过去，三个人的站位像要把畸形女摆在一个阵里。丁离畸形女最近，没想到这时候还能体现身高矮的优势。她整个人很小，皮肤洁白光滑，看上去如气球般一戳即破。她双目分得特别开，细看会发现甚至不在一条水平线上。眼瞳是茶色的，好像在漂白剂里泡过。丁能看见她含在嘴里的口水快要决堤了，她呼吸的时候，他闻到一股樟脑丸的气味。许多年来，畸形女一直以这种方式存在，没有人知道她究竟几岁，她每年都是一个模样。

“好孩子。”老头从屋里出来，手中多了一个纸盒。那是一种曲奇饼，广告宣传说这是逢年过节送人的最佳礼品，所以几乎每户人家都收到过这份礼物。人们就是这样，电视里说什么，他们就信什么，尽是一群蠢货。

“我们不是好孩子，但我们确实想和你女儿玩。”甲冷静地对老头说。他随身携带一把小刀，刀面不小心刮到了老头瘦骨嶙峋的脸。

“你们是的，好人有好报。”老头说，他对一切浑然不觉。

“是吗？那你一定是恶人，不然你怎么弄出来这么一个女儿？”他们又大笑起来，年轻人真令人羡慕，风吹草动都可以发笑。

“不是，她是菩萨送给我的。我到很大年纪都没有孩子，听人说十公里外有座庙很灵，我就去烧香，连续一个月，我每天都去。我说，求求菩萨赐给我一个孩子，只要我能有个自己的孩子，我每个礼拜都来这里烧香还愿，直到我死。我说了几十遍，因为旁边人家也在求菩萨，我要保证菩萨能听到我说的……第二个月，她妈妈就怀孕了，有些事情真的不得不信。”

甲猛抬膝盖顶了一下老头的胸口，也许老头那种斩钉截铁的口吻惹恼了他。老头咳嗽起来，嗓中带痰的声音令人反胃。

“她妈这个婊子，看到她这个鬼样就跑了。”乙自作聪明地说。

“她妈生下她就大出血死了。”老头说。

老头往屋里指了指，他们嚼着老头拿来的饼干，同时把头探进去。房间大约二十平方米出头，仅有一张床，一台冰箱，一个炉，两把椅子，三个叠起来的纸箱，一台小彩电摆在一个柜子上，隔帘后面有马桶，一幅挂历放在帘子边，还有许多瓶瓶罐罐。女人的遗像挂在冰箱上方，还有两根电蜡烛，闪烁的光正好反射在女人的苹果肌上。女人看起来很老了，至少五十岁，要是她还能怀孕，保不准真是菩萨显灵。丁觉得这个女人很恐怖，尽管她长相也算平庸，但她看上去就短命，换句话说，这张脸出现在棺材里无比贴切。

“你这个蠢货，她是菩萨给你的惩罚。她妈都为她死了，现在她还要耗干你，你怎么不把她浸在河里淹死？”乙说。

“好孩子，我知道你们为我着想。我以前犹豫过，在我实在撑不下去的时候。我想，为什么菩萨不给我一个健康的孩子，能和我说说话的那种。”

老头停顿了一下，这时甲已经把刀收起来了，他们全都明白今天并不是下手的好日子。老头弯腰拿起地上的搪瓷杯，呷了一口水。老头继续说，“现在我想明白了，她只是一个孩子，缺陷并不重要。我向菩萨求一个孩子，菩萨满足我了。它给我这样的孩子，也许恰恰是给了我一个机会，让我能摸索着当一个更好的人，好人有好报。”

“你现在还去烧香吗？”丁问。

“当然去，每个礼拜三都去。我去谢谢菩萨，心里很安宁。”老头说。

“要是她死了呢？”丁再问。

“什么？”老头脸上掠过一层惊异。

“要是她死在你前头，你替她收拾完尸体，确保她只剩下一把灰。菩萨把一个烂货给了你，然后又很快收了回去。这样的话，你还去烧香吗？”乙试着把问题补充完整，相似的话从乙嘴里说出来，往往更难听些，这也就达到了他们想要的效果。

老头沉默了许久，从他的眼睛里可以看出他正晕眩得很。这个问题让他困惑，不过，也可能是其他问题，比如他必须得想一想，要是畸形女也死了，照片挂在哪里才合适，毕竟他房间小得放不下第二张遗像。

“我想，我还是要去的。”老头抿着嘴唇，好像在下决心似的。

“人都死了，还去有什么意思？别搞得像还贷款一样。”甲没有乙那么擅长言辞，好不容易想到一句俏皮话，抢着把它说了出来。

“因为，因为我自己发过誓会烧香到死的，去总比不去好，好人都会去的，好人一定有好报的。”老头颤巍巍地蹲下来，把三只电动狗逐一捡起来。

天空被火烧云染出回光返照似的明亮，他们浑身滚动着金灿灿的气体，这种辉煌的修饰令他们受宠若惊。他们就像三个显灵的小人，可不知道为什么，丁感到一阵皮肤刺痛。时间已到，他们应该回家，丁连多看一眼都受不了。

“我们明天还会再来。”甲冲老头扬了扬手里的小刀。

“我们明天也不会成为好孩子的。”乙说。

“我们永远都不是！”丁觉得自己也应该说些什么，迟疑一下也接了一句话。

亲爱的M：

有一天，我透过咖啡馆的窗户看见了你。那天雨下得很细，就像满怀忧虑的女人轻柔的触碰。你没有打伞，雨竟也具有马赛克的功能，你的身影模糊难辨。你在转角处与一个穿红色连衣裙的女人会合，你的消失顺理成章。那就是你的妻子吗？她看上去典雅温和，是那种在商店里会受到服务员额外优待的女人。我眼睁睁看着一切，却无法上前，我们之间阻隔着无法跨越的东西。

但那个你是真实的吗？爱赋予人一种无用的本领，让人能够在任何场合找到恋人的影子，这尤其适用于已失去的恋情。我一次次捉到与你相似的背影，感受他们渐趋疏远的过程，重温你离开我的那一刻，那是我最后拥有你的方式。你大概不懂那种绝望，即使在我们还相安无事的时候，我也是更为激烈的那一个。当我带着一种封闭的可能性靠近你时，什么事情都没有发生，可是我莫名其妙地感到心痛，我想向你致谢，向你道歉，向你告别。你说过，我们最终都会心平气和地与剩下的人生相处，但现在看来我还需要时间。

你没有给我回信，所以我才去那家咖啡馆等你，就在你单位对面。

不知道你是否读了我的小说。我没有按照原来的计划写，写到虐待动物时，我不得不略过一些狰狞的细节。其他部分，我写得非常快乐，能让我短暂地从你的阴影之下爬出来，喘一口气。我不想单方表述太多与小说相关的内容，那就像剧透一样。小说新写的部分，我会附在信件后。有机会的话，我还是希望能和你进行交谈。

小说中有一个问题，也是我一直在思索的。如果那个畸形女死了呢，老头还应该去给菩萨烧香吗？我想听听你的看法，那对我来说很重要。

亲爱的M，我仍然爱你，要是你能看到这一行。

祝你买对足彩，祝你手机电量充足，祝你得到自己配不上的东西。

三三

第二天，他们谁都没去那间装着两个怪物的棚屋。对于没交定金的事情，大家都容易放鸽子。更何况，假如一个人事事言而有信，他就当不起恶毒的人，或者说他作起恶来会非常被动。

从早上开始，事情就不大对劲，丁完全是被吵醒的。他昏昏沉沉地站起来，套上得体一些的裤子，不顾竹席留在他脸上的印子还没消退，打开了房间的门。一个年轻男人正躺在小沙发里，单手摸索着边上的一棵仙人掌——仙人掌光秃秃的，刺早被丁拔下来剔牙了，这很浪费，他正在换牙期，根本没几颗牙可剔。那个男人看见丁，朝他露出一个倾斜的微笑，诡异、轻蔑、洞悉一切。

丁的妈妈和另外两个女性上场了，妈妈告诉他，这是他的姑妈们，那是他表哥，他们都来看望他爸爸。他爸爸已经在医院住了半年，故障出在胰脏，如今妈妈一提及他就哽咽。此刻，妈妈的肩膀又一次开始耸动，这是她要闹出动静的前兆，大概是姑妈们的存在让她表演欲膨胀。丁想，生活真是和戏剧一样，差别在于怎么都无法退票。

三位中年女性过了个场，丁的目光回拢到表哥身上，一开始他还真没认出来。算起来表哥今年只有十七岁，可从外表上看，他至少二十七岁，并且拥有五年以上屠夫或者保镖的工作经验。表哥双眼细长，嘴唇青灰，整张脸的败笔在于一个扁大的鼻子。在他脸左侧，有一道深红的疤，不过也比他鼻子顺眼得多。

“这里怎么了？”丁指着自己脸上相同的位置问表哥。

表哥冷笑一声，示意他过去。他往沙发走去，本想夺过自己的仙人掌，却被表哥死死按住头。丁拼命甩头，表哥的大手就像金箍一样罩住他，他甚至感觉自己被按矮了两厘米。直到他放弃抵抗，表哥才满意地松手。

“男人的象征。”表哥指了指疤说，“小鬼别多管闲事。”

午饭过后，妈妈带访客们启程去医院。表哥说肚子疼，他捧着大脑袋呼呼喘气，急匆匆的女人们便抛下他走了，还让他管好弟弟。妈妈从来不让丁去医院，大人们行事古怪，总有一些自以为是的考量。

丁不太愿意和表哥一起待在家里，上午的见面礼已经够他受的了，如今两人独处，说不准表哥又会想出什么折磨他的新花样。丁很愤怒，本来他应该作为天干队的一员，威风凛凛地出现在棚屋口，可现在他站在表哥面前，做不成恶毒的人。他被迫回到原样，他只是一个九岁的孩子。实际上，就算甲乙此时都在这里，表哥只消一只手也足够摆平他们三个。当然，愤怒也无济于事，当一个人处于极度劣势的时候，愤怒通常只能转化为恐惧。

一个问题爬上了丁的心头，为什么要做一个恶毒的人？在这个问题上，甲乙的观点并不一致。乙认为恶毒是人的天性，每个人都想作恶，人与人之间只有作恶能力高下的差异。有些人没有作恶的天分，有些人笨，有些人懦弱胆小，有些人缺乏各种有利因素，还有一些更复杂的原因，所以他们才选择做个好人。而在孩子身上，这种恶毒的天性更为纯粹，乙非常珍惜。甲的理解则更简单直观，作恶给他带来快乐，他有资本成为人群中那个更高傲的人。对于这个问题，两种答案丁都听信了，但他没想出更具有独创性的答案来，他只想做一点特别的事，然后慢慢思索。

昨天那个老头看上去很无能，而他反复强调的“好人有好报”却让丁非常不适。丁现在明白问题在哪里了，如果那样的话，恶人也会有恶报。他参与的那些事给他带来什么报应？难道他爸爸现在重病不起，也是他得到的恶果之一吗？这些善与恶，究竟是谁来衡量呢？

丁感到背脊发凉，他没法再想下去了。他不怪老头的引诱，却都怪在表哥身上，表哥的出现带给他一种内心的冲撞。

于是，他阴恻恻地靠近表哥，向他抛出了一个问题，像是借用神秘力量给他设下一个圈套。

“你拜菩萨吗？”

“神经病，再扯这种屁话我打死你。”表哥不耐烦地推开他。

丁撞在一边，镜子碎出一条章鱼爪似的裂纹，丁顺着衣橱滑到地上。丁没觉得摔得哪里疼，他心里甚至有些高兴。表哥做错了两件事，第一，他冲撞了菩萨；第二，他伤害了丁，他一定会有恶报的。丁在地上坐了一会儿，他的兴奋冷下来，目光也呆滞了。有一瞬间，他忽然感到自己软弱无力，对这个世界的运转规则一窍不通。

“妈妈以前带我去拜过菩萨，那时我爸的病刚查出来，去的就是那座大家都说很灵的庙。”

丁说着话，表哥露出一脸厌恶。镜子破碎，痕迹留下来了，表哥可能一下子有点蒙，不敢持续对丁下手。孩子坏得很，你怎么知道他告状的时候不会添油加醋呢？表哥只好拿起遥控器，把电视机的音量调到最大，遮盖丁的声音。

“每一个菩萨她都拜，跪下不停磕头。她让我也磕头，嘱咐我要在心里说：保佑爸爸早日康复，我照做了，反正也没什么损失。”

丁的声音被电视机冲淡了，彻底成了自言自语，表哥什么都听不见，丁还是自顾自地说下去。

“妈妈说，如果我还有其他愿望，可以一起说出来，菩萨会帮我的。我想了很久，一圈转下来，菩萨都快拜完了，我还是不知道自己想许什么愿。等我拜最后一个菩萨的时候，我抬头望着它，金色的身体，头顶有柔软的冠带垂下来。我对菩萨说，我没有别的愿望了，如果可以的话，我希望你们自己没有烦恼，开开心心。”

丁歪着头，像是快要哭出来了。

这时候，窗外传来一阵比电视机、丁的自言自语更响的声音。一群人正从窗口路过，他们走得很仓促，有几个人把报纸卷成筒形，愤愤地挥舞。丁的家就在一楼，这一切他们看得清清楚楚。

表哥连忙把电视机的声音调轻，蹑手蹑脚地走到窗边。

“他们去干吗？”丁问。

“不感兴趣。”表哥白了他一眼。

“我也不感兴趣，我就是问问。”丁说。

他们各自回到此前所在的位置，只是一群躁动的人路过此地，确实是相当异常的事情，他们谁也不能装作什么都没发生。

“我总觉得你怪怪的，你心怀鬼胎。”丁忽然对表哥说，说这话时，他特意往远处退了两步。

“什么？心怀鬼胎？”表哥哈哈笑起来，用矫作的语调模仿丁，好像他是个正在学中文的墨西哥人。表哥说，“看不出你成语学得这么好，不当作家真是文学界的损失。”

丁一头雾水地打量着这个喜怒无常的人，首先，他是一个大块头，徒手就能给丁留一些终生恢复不了的伤痕；其次，他才是丁的表哥。这样想着，丁一咕噜钻进了缝纫机下面。

“告诉你吧小鬼，我来的路上踢了一条挡道狗。我运气真好，把那个母狗肚子里的彩蛋踢破了，狗崽子肯定是死了，要是没人把母狗送去医院，估计也完蛋了。可是关我什么事呢？”

表哥悻悻地朝后一挥手。

亲爱的M：

一个邮箱怎么可能像约柜呢？智天使在上方踮起脚，缭绕云雾是约柜的触手。你知道的，约柜在哪里，神就在哪里。那天早晨，我打开邮箱，看见你的回复时，邮箱就成了那样一种东西。过去你常常说我滥用修辞，但有什么关系呢，人都有一些自己的才华，我想把它浪费在使我快乐的地方。

你的来信，我读了很多遍，以确保能准确理解你的意思，乃至体会你写这些内容时的心境。你说中国的宗教氛围普遍是功利的，许多人只在有愿望时才去求助于宗教。人们不常反省，有时候自相矛盾。在这样的前提下，我们只能从个人的角度出发，尊重自己的意愿，遵守自己的承诺。即便畸形女死去,你也赞成老头继续去烧香。

不知道你是否记得,我们在鹅鹕洲的一个夜晚曾讲过,要是背叛对方,死亡即是要承受的代价。那时你还笑我轻率,你说死亡并不是最重的惩罚,有时反而是一种逃避。更何况,我们之间谈不上什么背叛,除非有一天我能操控时间,否则你的妻子永远比我先存在。

我现在同世界有些隔阂了。昨天下午,我和一群旧友碰面,他们大谈那些流行的软件,还有一些我记不住名字的选秀节目。其中的一位讲,她年终要去土耳其旅行,因为“抖音”里流行的一首歌讲到这个有趣的旅行地。另一位说,那已经是半年前的事了,现在“抖音”上,大家都在学猫叫。我觉得很有意思,我对潮流的了解都构建在朋友之间传来的二手信息上,关于世界真正的变化,我一点都不懂。我本来想把我近期的发现也告诉他们——《爱乐之城》里那段“Mia & Sebastian’s Theme”是从贝多芬的《月光》中找到的灵感,其中有一些极为近似的变调,但我害怕自己成为格格不入的那个人,我害怕人们以为我试图从差异性当中找优越感。而我只是一个站在悬崖边,正在犹豫的人。

亲爱的M,你没告诉我你是否喜欢这篇小说,我很庆幸,这样一来我就可以怀有久一些的希望。所附的部分,是这篇小说的结尾。

祝你有红头发，祝你一目十行，祝你能躲过每一场谋杀。

三三

他们挺会挑日子的，礼拜三，“黑色大丽花惨案”发生的日子，最后的晚餐据考证也在这一日进行。小广场可以算是他们的老巢了，在那里会合，使他们这次征途更具仪式感。

为了彰显队长的身份，甲还在头发上系了一根孔雀毛，活像升起一只荧光蓝的眼睛。丁以前在动物园看过孔雀开屏，那被他列为短暂人生中四大恶心场面之一，张开羽毛的孔雀如同长了一身溃烂的疮。长久凝视，自己身体好像也裂开一个个洞穴，七彩液体从中喷涌而出。丁忽然有些明白自己为什么要加入这支队伍——为了了解恶，然后克服它。

他们一路走向畸形女的棚屋，什么都没说，连喜欢卖弄言辞的乙都双唇紧闭。

现在我们可以看到，这支队伍的配置近乎完美，每个人都有其优势。甲身强体壮，精通一些实际性的伤害，有时还懂一些旁门左道的知识，比如此刻，他轻而易举撬开了老头家的门。他们都觉得，等甲以后有了时间，他会写一本《恶魔的基本修养》并风靡全球。乙嘴皮子就像一双蝴蝶翅膀，经常翻出一些绚丽色彩，多年以后，当他爱上什么女人的时候，这项优势会鼎力相助。丙如今可以坦然出现了，昨天早晨，他的母亲和一个外来少年发生争执，武力不幸被纳入了这场交涉之中，她流了产，丙正式成为一个鬼魂。鬼魂的用途不可小觑，虽然当代科学还没发展到和它们建立联系。丁有些单薄，但他因为年龄限制，总有一半置身事外，这反而给了他更宽泛的视角。

这四个恶人多么匹配，简直天作之合。

上一回只是匆匆一瞥，现在，他们实打实地站在这间棚屋里。一股清冽的樟脑丸味在房间里弥漫，还带一点腐烂的酸，脆弱的丁有些受不了，但他们拦住了他，他们说，“这只是刚开始，过一会儿就闻不到了。”

畸形女蜷缩在老地方，那辆轮椅几乎成了她身体的一部分。一件浅蓝色的童装包装了她的肉体，肢体粉白软糯，从布的窟窿里探出来，像几段还没被动过刀的藕。他们中有人发现，畸形女白得惊心动魄，似是有人在她基因里撒过一把细雪。不知是否为他们的错觉，她丑陋的脸上露出一个缥缈的笑容。

“真像瓷娃娃。”丁感叹道。

“是俄罗斯套娃，外表看上去傻，但没人知道一层层脱掉之后藏着什么。”乙说。

他们到此本来是为了折磨这具娃娃，将她的四肢折断，或者逼她吞下细碎的玻璃屑，可不知道为什么，他们警觉地发现自己下不了手，他们只能做点别的。

甲从水杯旁边拿起一瓶白酒，猛地吸了一口，天旋地转，舌头如爆炸现场。他把小瓶子递给另外两个人，甲看着他们拼命咂舌的模样，不禁大笑起来。甲说，“下面，我们来点刺激的。”

甲从口袋里掏出迷你录音机，里面已经放了一盘磁带。他吸了一口气，按下开关，一阵激越的奔流从貌不惊人的机闸中流淌出来。

“动手吧！动手吧！”

他们像刚打完一支肾上腺素，浑身活力都得到了唤醒。这棚屋中的空间很有限，他们开香槟似的拧开每一道锁，翻箱倒柜，把老头的破衣服撒得遍地都是。还有许多莫名其妙的东西，卷尺、口琴、几本证书、过期药片、一个滚轮遗失的坏打火机、松掉的艾条、空荡荡的笔筒，成筐的玩具也被搜了出来，他们怀疑这些东西是否真的吸引到贪心的儿童，是否真的有人来陪畸形女玩过，哪怕只是一两个。他们砸了一些碗，那些搪瓷碗狡猾地躲过了袭击，碎的都是瓷碗。

在一个带锁的抽屉深处，他们发现了老头的小金库。不是什么正儿八经的存钱箱，在和钱产生关联之前，那是一个装满可可粉的铁皮罐头。队伍中的一个人抓起大把纸币，往天上用力扔去，钱纷纷扬扬落了他们满头。

《威仪堂堂进行曲》从头到尾都在播放，已经循环了好几次。引子短促而富有乐律，他们遵循节奏，抛物的双手不时为自己加几个指挥的姿势，他们感到自己就像古典侠盗。两分半钟以后，富丽堂皇的慢板主部呈现出来。这段旋律第一次出现时，他们不禁暂停下手中的动作，仿佛迎来了人生中最神圣的时刻，有人湿润的眼睛正在闪闪发光。现在他们懂了，为什么甲选择了《威仪堂堂进行曲》，那是只有最庄严的仪式才配得上的音乐。他们好像明白了那些瞬间，人们聚集在台下，眼噙泪花，注视着他们长大成人的那个临界点到来，所有人都在为他们加冕。

在这间棚屋里，男孩们突然意识到，他们已经是大人了，他们的年龄或许应该翻个倍。于是，他们转过头，更激烈地在房间里翻江倒海。在整场仪式的最后，他们一张张捡起此前撒开的钱，叠起来，存进了甲的口袋。

离开房间的时候，他们变成了焕然一新的人。

“我们最好把这地方烧掉。”

他们为此犹豫，对于放火的看法，他们惊人地达成了一致：他们是为了老头好，只有一把火烧个精光，让他失去一切，避无可避，那种生活必备的理智才会在他身上复苏。

然而，我说过他们已经是大人了，他们现在比从前更精明。火灾引起的动荡会更大，他们没必要为了点拨老头去冒这样的风险。更重要的是，走出这间棚屋以后，他们不再是一支队伍了，成熟令他们分道扬镳。他们什么都做不成了，只能悻悻地回归自己的道路。

此刻说什么都太晚了，你大可以凭耍赖或略施小计进行拖延，但要是你已经想明白了某个问题，找到你想要的答案，一切就不可挽回地结束了。

好久没有下过雨，地面干裂出一道道黑色的阴影，土地像被重新划分成无数座迷你的城市。烈日垄断了这个世界，他们一边走，难以捉摸的液体从他们脸上、身上流下来。假如其中有人流过眼泪，那也没什么大不了的，哭泣并不是衡量什么东西的准则，它不意味着轻与重的区分。最关键的在于他们不再恐惧，每往前走一步，都会有一些新的可能性落在他们身上，直到下一个庄严的时刻发生。

他们都明白，这只不过是一个开始。

亲爱的M：

首先，讲讲小说。

你认为结尾处他们忽然长大的部分是小说的败笔，但我想告诉你，这是发生在我父亲身上真实的故事。当年，我父亲和两位朋友走进那间棚屋时，他已是一位地道的青年。他们三个和老头发生冲突的原因更简单，因为老头总是把自行车停在他们的位置上。至于我父亲是小说中的哪个人，如果有兴趣的话，你不妨猜测一下。

据我父亲所说，他们把老头的钱都偷光了，过了几年，他听说老头死了，畸形女孩下落不明。不知道是什么时候发生的事，反正就在那几年之内。我问父亲，为什么要把这件事告诉我？他建议我把这个故事写出来，他说，公开一个秘密就是救赎，坦白地讲出来，让别人知道你为此痛苦。这样当你有一天告别世界的时候，你才可以光明磊落。

可是，我怀疑父亲没有对我说出全部真相，他的叙述中有一些前后矛盾的地方，我不能因为他上了年纪就忽略这些错误。我猜想，他们并不是盗窃，而是当着老头的面把他的家洗劫一空，他们可能打了他，他们甚至可能多多少少猥亵了那个畸形女孩。总而言之，他们一定做过更恶毒的事。你比我更清楚，有些年就是这样的，人们有施展暴力的正当借口，同时深藏着扭曲的情欲。有一句话，也许我父亲并没有说错。他说，要是那个老头有能力，他也会对他们做一样的事。

这是不是很有趣？在写下这个故事之前，我还在思索文本伦理的问题，我是否可以将恶毒撕开一个更敞亮的口子，事实证明，我做不到，软弱让我受到了很大的局限。然而，现实难道不比小说复杂得多吗？你永远不知道谁在说谎，你永远不知道，当一个人去世的时候，他究竟带走了多少秘密。

关于那个问题——假如畸形女孩死了，老头是否应该继续去烧香，我有了一些新的看法。据我理解，在畸形女孩活着的时候，老头去烧香也并不是出于感激（或者你更喜欢另一种说法，出于他自己的承诺），他的想法是非常自私的，这其中父爱几乎不占什么比例。老头之所以一直坚持，是因为他想靠自己“感激”的行为来证明，畸形女并不是菩萨给他的惩罚，是他以虚伪的方式，硬生生地选择了那个好报。所以我想，如果畸形女孩死了，老头还是会去烧香的，这样做只是利用了菩萨，给自己带来一点安慰。

你不觉得吗？善与恶，或者说宗教，其实都有太多切入的角度，每个人都能做出自己的选择。既然如此，更适合我们的理解角度，就是把善、恶、宗教都当作一种私人的审美，而不用理性去考量它们。其发生的动机也是多样的，难以确定。反过来讲，我觉得只有一种正义的做法，那就是放弃大局上的权衡，从自我出发，在行为上遵守自己的承诺与选择。

现在，我们又回到了你的观点。我希望你不要因此迁怒于我，在鹈鹕洲的几天，我们多么快乐。我们在湖面上捕捞液态星体，水将我们环绕，半空中暗色的绉纱缓缓落下来。“背叛”是一个过于沉重的词语，在它真正发生之前，提到它会令我们尴尬，但我还是说了出来，就像费力从喉咙里倒出一块铅。

我说过，要是那样的话，我会亲手杀了你——那不是仇恨，也绝非对你的报复。当我对你施加了死亡的行为，我自己也必然会承受对等的代价，牛顿第三定律早就把这一点讲明白了。我只是想说，我愿意付出那样的代价，为了你。

亲爱的M，这是我给你写的最后一封信，很遗憾，你没有机会亲自念它了。在警察把这些事情查得水落石出之前，我会参加你的葬礼，在意味深长的白色花丛中和你最后告别，然后我将走到灵堂出口处，紧紧握一把你妻子的手。

三三

## Sept.

# 凤凰于飞

他们自己搭了个阁楼，面积不大，一张小床贴着墙壁放，旁边是木柜、三五牌座钟、一个海螺形状的烟灰缸。

无所事事的时候，我一个人爬上阁楼，躺在小床上睡睡醒醒。偶尔有人来串门，我就从楼梯口向下伸出头。我尽量不动声色，想听清楚他们讲些什么内容，但她的雷达总能准确地探测到我，接着大步流星地跨上台阶，一把将我举起放回阁楼。通常，她会叮嘱我说，“太危险了，要是摔下去，你妈要把我骂死的。”也有两三次，她一言不发，只是顺手把我摆正，好像我是一个从果盘里滚出去的苹果。

一个下午，我从楼下偷了把剪刀上来。我把它端在手里细细打量，黑色，刃口有一层不均匀的红棕铁锈。在某个时刻，我自以为看明白了关于剪刀的一切，它的重量和其他性质如何，它是怎样运作的，以及它将物品剪破时的切身感受。几乎是鬼使神差地，我把剪刀掰开，用其一侧的刀刃在我的左手手掌狠狠划了一刀，我能感到它陷进我的肉，我的手心滚滚发烫。起初伤口很淡，只像手心陡然多出一条与命运相关的杂纹。它慢慢裂开，几秒之后，大量鲜血涌了出来，我才如梦初醒般大喊起来。

她飞快地来查看我，床单已染上杂乱的血色花纹。她显然比我更加慌张，急忙从楼下电视机后面翻出一个蓝色塑料药物盒。我在上面盯着她的背影，她花白的头发过于硬朗，摇摆时就像一丛覆雪的枯草。

碘酒，紫药水，最后贴上一张快过期的创可贴，两边的橡胶面已经没什么黏性了。她一边处理我的伤口，一边叫唤她的丈夫。她丈夫比她大十五岁，他身体孱弱，耳朵基本聋了，衰老的黑魔法将他彻底变成一个木头人。她知道那样的叫唤无济于事，但还是不停地喊他，这样做多少给她带来勇气。

那时我只有六岁，所有异常行为都可以用“调皮”来概括，她并没有追究我自我伤害的原因。

她把我拽到楼下，不知道为什么，那天她格外气急败坏。我的膝盖敲在楼梯的木头台阶上，一瞬间失去了知觉，等疼痛跟着涌上来时，我不禁哀号起来。撕心裂肺的惨叫先从我口中冲出来，带动了我的泪腺，接着眼泪识趣地落了下来。我满脸通红，我终于表现得像一个受尽伤害的孩子了。

她的丈夫在桌边的藤椅上坐着，对眼前的画面视若无睹。几年前我刚来的时候，他还没这么木讷，偶尔也会去楼下公用厨房做菜，或是尽力提一桶水上来，弥补房内无水管的缺陷。许多年前，当她丈夫还有能力掌控生活时，他包揽了所有的家务活，从来不需要她做任何事。对于我出生以前发生的事，我都是道听途说来的，而散播这些内容的人正是她自己。她对不同的人讲述引以为豪的旧日生活，最后补上一句，“你说时间吓人吗？现在时间让他坐了下来，有一天还会让他躺下来，盖上一块板，他就彻底结束了。”

她没有理睬我，径直走到她丈夫面前。她也哭了起来，拼命跺脚，毫不顾忌楼下邻居会察觉到家里的风浪。不知过了多久，她体内的能源烧到尽头，她蹲在藤椅前大口喘息，一边断断续续地说，“你说怎么办？你说我怎么跟她妈交代？你好歹说点什么。”

我坐在床沿上，眼看她用夸张的哭闹抢走了我的风头，而我并没有那么在意。我脑子里有许多其他的事情在滚动，尽管我自己没有意识到，但那几年世界是张开的，无知令我获得额外的思考自由。反而是在我稍加成长以后，更确切地说，是当我发现自己深藏于平淡生活下那颗幽暗的心时，我失去了某种思索的激情。

我在想两件事，一是我为什么要割破自己的手掌；第二，我厌倦了房间里这种偏激又无用的对峙。那段时间，我外婆因为糖尿病并发症正在住院，命悬一线。我想的是——那更像一个恶毒的诅咒，我想，假如我的外婆可以平安出院，我愿意这个房间里的人代替她死去。

幼年的我，正逢我父母对事业怀有野心的时期。父亲早出晚归，母亲主动要求调到郊区去协助新厂的筹办。我们家中仅存的老人，我的外公外婆，各自携有随时可能复发并造成一场混乱的疾病。出于现实考虑，家人把我寄养在一对老夫妇家中，领我的老太太姓包，我叫她包外婆。我被送去她家的第一年，她六十四岁。

包外婆家的生活条件很糟糕，不过她说喜欢小孩子，每个月收的钱也不算多。我在包外婆家里度过每一个工作日，礼拜五黄昏之前，我父母中的一个会来接我回家。总是疲倦的面孔，却洋溢着一股新鲜感，我被交还到父母手中，我对这个暂时寄宿的家庭说了“再见”。

事情发生前最后一个礼拜五，我手上的裂口还没愈合，不过已经过重新处理，创可贴换成了纱布。那件事结束后的许多年里，我无数次回溯这个礼拜五，想在细枝末节中发现某些旧日忽略的线索。然而，上演在过去的情节永远失去了再次被求证的机会，细思反而更加困扰，我就像在迷雾森林中寻找出路的鹿，每一步探索都在逼近一个陷阱或旋涡，却与真相背道而驰。

与平常的日子相比，礼拜五总显得更鲜艳一些，那些平时不在的人会汇聚到这个家里。包外婆有一个外孙女叫燕燕，正在念初中，每周五下午都没课，所以她和她妈妈会来探望包外婆。当时有个沪剧选段《燕燕做媒》很有名，里面的女孩子恰好和燕燕同名，我耳濡目染学会了几句。有时我当着她的面唱“燕燕侬是个小姑娘，侬做媒人不像样”，她便撇下嘴，原本就下垂的唇角像是忽然受到了更大的地心引力。我是到后来才明白，这样的表情并不代表愤怒或嫌恶，她只是在默默忍受我幼稚的行为，以及这无边无际、没有意义的生活。

我和燕燕曾有过热络的日子，在我刚去包外婆家时。我们在狭小的房子里玩捉迷藏，我从橱柜躲到床底，白日渐渐黯淡下去，我趾高气扬地从某个地方爬出来，燕燕抓住了我。很久以后我才恍然大悟，她是假装没有看见我，好让这个游戏尽可能显得有意思一点。她一边找我，一边讲一些好笑的话，“有一只小猪在桌子底下吗？哦，这里没有。”任凭我笑出声，她也不会扑向我的窝点。

我们是在哪一天走到了游戏的尽头，我记不清了。自从与弄堂里的同龄人打成一片以后，我的注意力也被分散了；或者我长大了，对一个孩子而言，一两年之间落在她身上的变化可能是翻天覆地的。我和燕燕不再像过去那样默契，当我们经过弄堂里的香烟摊时，她开始威胁我，要把我卖给看摊位的老太婆。她还霸占了我的学习机，尽管我那个年纪还不会使用那种东西，但她强势地夺走属于我的东西，仍然令我苦恼不堪。这些都使我能更容易地接受她的淡出，继而转头把我全部的友谊腾出给新的小伙伴。

那个礼拜五，燕燕还没来，吃完早午饭，包外婆带我去后弄堂的一个邻居家里看打麻将。她叫那个邻居“阿米姐”，我也跟着她这样叫，以前她会装模作样地打我手，惩罚我没规矩，可那天她根本没有在意。她脸上的肌肉在几日之间失去了弹性，皱纹更加冷硬地嵌进肉里，像新开在面孔各处的无数道沟渠。

我们在这里算常客了，打麻将是她唯一的消遣。包外婆把大片日间时光花在这里，我则跟随她。实际上，我更好奇包外公一个人在家怎么样。他们刚买彩电不久，电视机从早到晚都开着。我偷偷观察包外公，电视里色彩繁杂的人群在蠕动，包外公始终无动于衷，他的视线甚至没有焦点。包外婆嘟囔说，“到底看不看，不看我关掉了，不要浪费电。”她一直这么讲，却从来没有真的关过电视。她下不了狠心，她还没明白包外公俨然成了琥珀中包裹的昆虫，冷淡，稳固，死气沉沉。

阿米姐看出包外婆心不在焉，也许大家都看出来了，只有阿米姐说出口，“你今天怎么啦，输得厉害了，要不要休息一会儿？”

包外婆说不用，大概入秋了，最近身体不大舒服。他们打得很小，即便一输到底也在各自能够承受的范围之中，这点他们心照不宣。

别人就说，那还带什么孩子，早点退休啦。

包外婆说，老头子血里有毛病，要花很多钱治，具体多少她也不知道。他们都是农村户口，没有劳保的，带孩子多少能赚点钱。

就在那间人声鼎沸的小屋里，我第一次听说包外公的病，而四周的人看似早就知道了出落在包外公身上的不幸。他们的坦然如同一种默认：人老了确实如此，不是得这种病，就是得那种病。他们还讨论了我，用对待商品的口气，好像完全没注意到我当时也在场。又或者他们以为，孩子的体内自带一个信息过滤器，要等他们的肢体发育成大人的模样，那个机器才会渐渐消失；而在此之前，孩子什么都不懂。

人们讲了些场面话便陷入沉默，过了一会儿，有人说，你自己身体当心，那个药还吃吗？最好不要吃了。

包外婆摇摇头，好像这件事没什么好说的。她从口袋里掏出大前门香烟，右手拇指拨弄着打火机上的打火轮。包外婆有抽烟的习惯，几十年了，只抽最便宜的香烟。阿米姐皱起了眉，像突然想起我的存在似的说，“怎么在这里抽烟？对孩子不好。”

包外婆若有所思地吸了一口烟，慢慢转向我，说燕燕应该到家了，让我回去找她玩。

我以前很喜欢看他们打麻将，那天获准离开阿米姐家里时，我却有一种如释重负的异样感觉。房间里潜藏着怪诞的气氛，多年以后，穿过回忆，我发现那令我窒息的东西是死亡。虽然被死神追赶的似乎是包外公——一个全然不在场的人，可是所有人都感到了死亡将至。在他们那个年纪，已经有看不见的手替他们开通了理解死亡的天赋点。

我顺从地踏上了返回包外婆家的路，并不是去找燕燕，而是打算追随我的新朋友们。那支同龄人队伍多由顽劣的男孩组成，我是其中唯一的女孩。他们之间的游戏相对来说更粗暴，比如玩泥土，翻墙爬上屋顶探险，或是撕掉蟑螂的翅膀。那时我对于周围世界的判断还很迷糊，我隐隐感到他们身上有我羡慕的东西，能在他们的队伍中找到一个位置是我的荣幸。

我从阿米姐家出门遇见他们时，他们正在玩一个角色扮演游戏。从前游戏很少，一群人围在一起，多是依赖幻想来进行娱乐。在背景的设定中，眼下是世界末日，而他们则承担着拯救世界的重任。没有人愿意扮演毁灭世界的怪兽，所以大家都是宇宙英雄，他们翻遍弄堂里的草木与垃圾，想找出变装过的“敌人”。有个男孩子率先看到了我，他和我打招呼，做了一个让我不要说话的手势。我朝他点点头，踮脚轻声走进他们之中。

燕燕站在包外婆家的大院门口，远远望着我们。她脖子伸得笔直，像在码头张望远航归来的帆船，仿佛对我们怀有某种期待。

没过多久，弄堂口弥漫起突突的声响。游戏自然地暂停了，我们像涨潮时躁动的浪涌向迎面而来的残疾车。它还没开到我们面前，我们就叫起来，“瘸子——瘸子——”，节奏统一宛如狂欢喜宴的开幕词。

燕燕的妈妈阿君停了车，让金属助步器先落地，然后整个人压在顶端的三角形支架上，缓缓移动起来。阿君在乔家栅小吃店工作，每次来看包外婆都会带点糖果给我们吃，几乎形成了惯例。她总是笑眯眯的，我们叫她瘸子，她也不生气。

唯一横眉怒目的人是燕燕。我曾在包外婆家听到燕燕责怪她妈，她说我们都是没良心的小孩，没必要取悦我们，吃了糖嘴巴还是一样臭。阿君并未将此当作很严重的事，她还是笑眯眯地说，不要紧的，反正单位拿的又不要钱。当时我很难过，我隐约感到自己喜欢看燕燕生气，我叫阿君“瘸子”的快感比别人多一层，那是源于对燕燕的报复。我们之间有过的美妙之物已经垮掉，谁都不知道为什么会这样，就像行驶过一条漆黑的隧道之后，忽然看见一团令人窒息的庞然大物落在眼前——它已然在那里立着。在此之后，我们分别想方设法，试图依仗自己的优势成为霸凌的一方。那天没有人和我玩捉迷藏，可我还是钻到了桌子底下，在那个维度，床底、柜子底、冰箱底所有的黑洞一齐射向了我。

“今天没有糖……”阿君讪笑。

我们很失望，最大胆的男孩子还用拳头敲了一下残疾车车头，燕燕冲上去要打他时，他灵巧地缩回队伍里。我们回头跑了，阿君朝我们问道，“寿糕要吃吗？我还有三块寿糕，味道也很好的。”

不过我们跑远了，没有人理睬她。

世事没有稳定的走向，在你松懈的某一刻，或你以为生活将永远温和地顺流而下时，猝不及防的急转弯便来到了眼前。

礼拜一的早晨，母亲顺路把我送到弄堂口，我慢吞吞地往那个熟悉的大院走去。

一进大门，燕燕拦住了我。我们不和对方讲话已经很久了，惯常的相处方式是视而不见，面对她的阻拦，我非常恐慌。我很快看清了她的脸，她眼皮鼓了起来，原本微弱的双眼皮彻底不见了，布满红血丝的眼球像一个石榴的剖面图。

她说，"你别上去。"接着她转过头，往二楼的窗口喊道，"妈，她来了。"

她反复喊了几遍，阿君从窗口探出头，同样满脸哭腔，一种对她而言格外别扭又丑陋的表情。阿君说，"你带好妹妹……还有，念佛机没电了，你到小卖部去买两节五号电池，我下来给你钱。"

燕燕说，"我有钱，你放心。"

我完全没明白发生了什么事，就被燕燕拖着走了。我暗中做着最坏的猜测，一边偷偷瞥向燕燕，她脸上没有浓烈的泪意，而是显得特别刚毅，一副雄心勃勃的模样。我们路过阿君停残疾车的地方，路过我每次都跳着走的下水道盖，也路过了小卖部。我拉住燕燕，告诉她走过头了。她甩开我的另一只手，不以为意，依然大步向前走。

我们走出弄堂，四周一下子敞亮起来，毫无杀伤力的清晨日光把我们勾成银色，燕燕被编成一束的发丝纷纷折射着光芒，好像此起彼伏的群星此时正落在她头发上。我们的终点是大路尽头一家新开的便利超市，我迟钝地发现她之所以绕开了小卖部，是因为里面的人都认识她，她不想用红肿的脸庞向别人暗示家中的变故，不愿意被任何人讨论。

燕燕不会对我解释任何事，但是随着我在光阴的轴线上渐渐走远，过去的许多疑惑自然会匹配到恰当的答案。在遥远未来的某一天，我想到燕燕站在货柜前犹豫的样子，迟来的感慨与悲怜终于追上了那个倔强的初中女孩。她面前就是摆着电池的货柜，可是莫名其妙地，她对母亲的那句嘱托产生了极大的怀疑，她弄不明白要她买的究竟是五号电池还是七号电池。那时我的头脑是清晰的，我在边上不断提醒她，是五号电池，五号，大一点的那种。她没法相信我，甚至不相信自己，她的思绪如同一个马蜂窝，向内陷落了。最终，她从口袋里掏出一把皱巴巴的零钱，把五号电池和七号电池各买了两节，才抬头离开便利超市。

阿君在门口等到了我们，我从她们的言谈中拼凑出了事情的始末，包外公去世了，死在心脏方面的毛病，短短十分钟就从人间过渡到了死神的疆土。一开始，我努力充当一个本分的旁观者，听她们无关痛痒的对话。我还记得燕燕说，四年前，外公的老同事中有一个问他借了五百元钱，后来好像一直没还。阿君说，怎么可能，你外公从来没说过。燕燕说，外公后来不行了呀，肯定忘记了，现在不讨以后说不清了。阿君说，你不要瞎想了。燕燕说，不行，我要去讨回来。阿君哽咽着说，不要添事了，小祖宗，带妹妹出去玩吧。

这时去哪里玩对我来说都没有吸引力，我只想到楼上去。我就说，我要上去看看包外婆。

阿君阻止我说，不要去，而且外婆也不在楼上，我们把她送到我家了。外婆年纪大了，这种事情她经不起的……

阿君断断续续的哭泣极具感染力，几乎不受自我控制，我也流下了眼泪。我想到另一件事，我说，那我也要上去的，我养了小蝌蚪，不换水会死。

燕燕的嘴角如同灌铅似的垂下去，她越抿紧双唇，下垂的弧度越明显。她把我推到门外，死死盯着我，仿佛看穿了我所有心思。没过多久，她又稍许绵软了下来，她说，楼上有很多大人，他们在讨论大人的秘密，你不能听。

也不是完全没有好事，我的外婆从重症病房回来了。她收到的六张病危通知书都没能掐断她的命脉，只是为谈笑话题增加了一点刺激。

也许对于衰老的人而言，好日子本来就难长，不出八年，外婆又一次被手术台召唤回去了。经过一段令人不耐烦的休养，我们从医院里接她回来，她的毛发更稀疏，全身上下都苍白了几圈，幽幽散发着寡淡。

我在熟悉的皮沙发上坐下来,突然想起许多年前的诅咒,当初我的外婆活下来了,而包外公始料不及地离开了人间。以饱含戏剧性的目光打量人生,是必要的,事情会变得更好接受。可是即便我知道这样的道理,当神秘的力量将我昏暗的愿望变作现实时,我依然不能安之若素。我想着我人生中的种种厄运,究竟哪一段才是为这个诅咒付出的代价;或是包外公的鬼魂有没有对我进行报复,也许他并不实际下手,只不过在每个寻常的夜晚,幽怨地盯着我的脸。

我永远不会把诅咒的事说出口,但我忍不住讲起了这些消失在我童年中的人,我说包外公其实是个很好的人,不过向来沉默寡言,哪怕在他耳朵聋掉之前也是如此。他以前当过厨师,还给我做过他拿手的鸡翅。那个味道像咖喱,却又不是,我后来再也没吃到过类似的味道。

外婆说,可惜好人不长命,什么毛病走的?

我的母亲具备中年妇女的特长,拥有十分卓越的收集小道消息的能力,她总能补充完整旧事的细节。此时,她告诉外婆,是心肌梗死,走得极快。她一挥手,像在驱赶一道光。

外婆问,那个老太现在身体好吗?

母亲说,老头死了以后,老太就搬到普陀一个养老院去了,我们每年过年会去看看她。别的都还好,就是脑子糊涂了,有时候搞不清楚我们是谁。

外婆点点头,仿佛还能知道包外婆的消息,多少也让她感到安慰。

母亲继续说，那个小姑娘你还记得吗？燕燕，阿君的女儿，中专毕业找了个男人。据说今年女婿上门了，要是真的结婚，我们也要送点钱。

外婆说，蛮好，婚礼叫你的话肯定要去的。

母亲补充说，女婿是个电工，都听燕燕的。

她们娴熟地置身事外，谈起他人的生活时如此轻描淡写，讲过便忘了。她们同样忘了我当初软磨硬泡从燕燕手中打听来的那个秘密，我竭尽所能，利用孩童的身份向她要无赖。最后，她厌烦了这场语言拉扯，才向我妥协——她说，包外公临终前，告诉阿君，原来阿君是领养来的。因为他们生不出孩子，花了些钱也没查出是谁的毛病。

我怀揣着这个没被包外公带走的秘密回到家，兴致勃勃地传播开来。我的母亲当时说，阿君肯定很感激他们，领了她这个先天残疾人。不一会儿，她端着水杯从房间里出来，又说，我想想不对呀，这事情很奇怪，我好像以前就听说阿君是领来的。

不过，我的母亲并没为这些事情费太多精神，反倒是我，被回忆的水藻反复纠缠。

在不同阶段的回忆里，许多细节发生了变化，平行空间不加掩饰地乱窜起来。

在一部分记忆中，包外公去世的那一天，燕燕发誓要找到那个欠钱不还的老同事。她对那个人的情况毫无头绪，更不知道他家地址在哪儿，所以她只好拉着我，沿街一路走去。路的尽头是一座远近闻名的庙，我特别害怕四大金刚涂满彩釉的面孔，就紧靠在燕燕身边。我们在门口台阶上坐了一会儿，燕燕突然站起来说，我们走吧。

在另一部分记忆中，燕燕走开了，我最终突破所有阻挠上了楼。楼上闹哄哄的，没人注意到房间里多了一个我。平时包外婆口中那些乡下的亲戚都出现了，我看见一个拄着龙头拐杖、比所有人都老一辈的女人，端正地坐在藤椅上，指挥其他人布置灵堂。人们对她很恭敬，可我透过回忆观察她时，我发现她露出一种异常荒诞的神色，她活得太久了，亲手操持了许多晚辈的丧事，自己却还没有死。对她而言，比悲恸更真切的，恐怕是耻辱。

当这些相互冲突的记忆超过一定数量时，哪段是真实的，已经不再重要了。我在一个多维构架的世界中游荡，迷雾重重，但这恰是它本身。

等到燕燕真的办婚礼，又是三年后的事了。

年初去养老院看包外婆，阿君把燕燕的婚事告诉了我们。那次包外婆情绪不高，她在窗边坐了很久，一副心事重重的样子。我悄悄问她在这里开心吗，她斜眼看着我，好像我提出这个问题不怀好意。

我的母亲和阿君在远处聊天，她们尽量小声，以免房间里其他老人抱怨。她平时几乎不来这里，因为每年年初五去看望包外婆是我们的习惯，她才特意过来接待我们。

那些老人大部分比包外婆更老，晚年疾病令他们娇弱而支离破碎。护理工告诉我们，其他老人本来对包外婆就意见很大，她总是在房间里抽烟。有时半夜里睡不着，她就一个人坐起来，旁若无人地点上一支烟，结果把大家都呛醒了。护理工拉开包外婆的抽屉，里面有一包皱巴巴的"大前门"，说，你看呀，不知道没收过多少次了，她还是会自己跑出去买烟。她又抓起包外婆放在一个信封里的零花钱，开玩笑似的说，哪天我把你钱全拿走，看你还怎么买。

包外婆丝毫不理睬护理工。自从包外公去世以后，包外婆收拢了通往外界的抽象吊桥，以前她很热情，同人打交道让她神采奕奕，现在截然不同，世界好像和她已经没有关系了。她不再大怒或大笑，情感从她的躯壳上剥离，她自身只是一个存在而已。

我们每年都给包外婆送钱，随着时代的拓张，每一年我们都给她更多钱，希望她能更顺利地维持整个生活体系的运转。可我们知道，对于一个深陷于自己独特困境中的人，无论我们给她什么，都是杯水车薪。

还有一件事情每年也都在重复，阿君会问我们要电话。她有时记在包外婆的台历上，有时随便找张纸抄下来，后几年她有了手机，费力地把我母亲的姓名与号码输入其中。但是到了第二年，她仍会让我们留下号码。唯独燕燕结婚的这一年，她格外慎重，一笔一画地把我们的信息记在本子里，说到时候会给我们寄喜帖。

燕燕的喜宴订在一个婚礼会所里，会所中有好几间长方形的隔间，并排列在一起，几对新人各自进行着婚礼。每个隔间门口都挂着一块刻有大厅名字的木牌，燕燕订的是“牡丹厅”。

我记得那是开学不久，我刚升上高三。老师通过疯狂布置作业来缓解双方的焦虑，参加婚礼无疑浪费了许多时间，我坐立不安。我的母亲不时瞪我一眼，也许她担心我急躁的模样使我看上去没有教养，而别人会认为那是她的过错。我的父亲不管这些，无论在哪里，只要给他泡一杯绿茶就没事了。我们一家人和他们的远房亲戚分在一桌，一群陌生的面孔包围着我们。他们彼此之间却是熟悉的，日常话题被熟练地抛接，他们聊得津津有味，而我们是一头雾水的观众。

六点敲过，突然黯淡的灯光将整个大厅推入沉默。经验告诉人们，新娘即将上场，于是他们止住话题，一部分人放下过早拿起的筷子，所有人陷入同一场等待。

我不知道这十多年是怎么过去的，可我没法细想，我没法以某种逻辑从中提炼出些什么，假如真的有我可得的东西，那也只有悲怆而已。那是一种无力回天的无能感，回望过去，不过是循环地体验失去的过程。十一年以后，燕燕走在虚张声势的红毯上，曳尾白纱如被风吹动的卷积云，缓缓向前飘浮。她看上去不像当年那样生硬、倔强，也许现在的她对死路有更准确的判断能力，反正到后来我们总能学会这一点。

新郎比燕燕略矮一些，西装革履勉强遮掩住他的平凡。他抓住她的手，从那一刻起，燕燕一直在流泪。

宣誓仪式结束的时候，所有人都松了一口气。电流再度通过一盏盏暂时休眠的灯，大厅明晃晃一片，同桌的每一张脸又变得清晰可见。

他们本不该置任何评价，但他们还是说了。

高墙的倒塌从我右侧一个中年女人开始，她说，燕燕也真不容易。

她的同僚纷纷呼应。有人说，是啊，他们家都不容易，发生了那种事，还是重新振作了起来。

有人夸燕燕的丈夫，说这个男人太好了，一点都不介意。

别人说，阿君又不是老太亲生的，这精神病怎么都遗传不到燕燕身上，有什么好介意的。

在包外公被火化的很多年以后，那个秘密终于浮出水面——和阿君的身世无关，而是关于死亡本身。我们从前有过的好奇早就耗尽了，谜底却忽然揭晓，这事实对于我们而言，无疑是一种残酷的折磨。我的父母对视了一眼，母亲拿着筷子的手开始发抖，她努力把手搁在桌子上，另一只手偷偷捏住我的膝盖。她想尽量控制自己，但这对她来说很难，她的眼眶里甚至涌上了泪水。她没有撑过多久，就找了借口去厕所，剩下我和父亲听完了整个过程。

是包外婆砍死了她丈夫。她先想办法让包外公吃下安眠药，等他熟睡之后，她就找来了刀。包外公的尸体被发现的时候，脑壳已经破裂了，不明液体流了满床。他的胸口也被切开，有一眼数不清的刀痕，细细密密像一张网。

她原先的计划是先杀了包外公，然后自杀。不幸的是，她自己没有死成，只是在左手动脉处留下三个浅浅的伤口。

警察赶到他们家里才四点多，某个听到奇异动静的热心邻居偷偷报了警。警察例行公事检查了尸体，立刻将它送去火化了。她本来要坐牢，最终却因为各种人对她的同情得到了豁免。医生鉴定出她是个精神病患者，为了得到这样的结论，似乎阿君还从中进行了斡旋。阿君交代了以后的打算，把包外婆送进精神病院，那里自然有人成天盯着她，警察也满意地结了案。

实际上，那些熟人更倾向于相信她没有精神病，他们觉得她是处心积虑地做出了报复，报复对象是她自己的人生。她年轻时一直想生孩子，结果屡次让她失望，一年又一年过去，她的肚子还是干瘪如旧。他们没有闲钱治疗，试过几个偏方并没什么用。丈夫好的时候确实对她不错，可他有时候也会打她，然而相比他们穷困的日常生活而言，皮肉之苦根本算不上什么。

这些亲戚很有意思，他们一会儿替她开脱，说她虽然杀了人却也情有可原，人生快走到尽头仍然毫无转机，继续下去只有更大的痛苦，她没有多少选择。然而，当亲戚们意识到好话说了太多时，他们就转变了风向，开始讲一些风凉话。

婚礼井然有序地进行着，燕燕换上一套蓝色旗袍，珠钗穿过她盘山公路般的发髻，把她刚才披散的长发固定成一团。有人忽然调响了背景音乐，音响中充斥着沙沙的杂音，不时还有一些破音的地方：

莫把流光辜负了/要学那凤凰于飞/凤凰于飞在云霄

从婚礼结束的那一年起，我们再也没去看过包外婆。更新鲜、更安全的活动占领了我们每年的年初五，我们把包外婆略去了。后来阿君也没有联系过我们，告别即如此自然地发生，落成一个事实。

极其难得地，我也会想起我们最后一次见面的场景。那时我已经明白婚礼对于燕燕，或者说她那样的人的意义，远大于我原本的理解，那是她竭尽所能伸长了手，够到她所能获得最好的东西的时刻。那种热闹又短暂的欣欣向荣，无论何时想起来，都让她觉得温暖。

我们当然不能在那场婚礼上讲起包外公的事，无论我们多么想求证,我们也说不出口。燕燕过来敬酒时,母亲强颜欢笑,荒谬的问题在她喉咙口呼呼作响,最后还是吞了下去。

只是长久以来,我的母亲一直对事情的真相耿耿于怀。她每隔一两年,或许频率还更高,就会提到包外婆。她列举一些过往的细节,想证明包外婆不可能做出这样的事。母亲说,不然,她怎么可能这样冷静?心平气和地又活了这么久。

她不愿意接受亲戚讲的那个版本,这不仅关乎包外婆家庭的痛苦。一想到她的女儿童年在一个患有精神病的杀人犯身边待过几年,她不禁毛骨悚然,因为无人责怪,她便把这一切当作是自己的过错。所幸并不是没有转机,只要包外婆家人没有亲口承认,那件事就存在被杜撰的可能性。就算不是纯粹的杜撰,可能也有夸张的成分,或是其中有什么能让人更好接受的隐情。

我的母亲最终还是迎来了一个解开谜题的机会,在一个下班高峰如沙尘暴席卷过整座城市的时刻。

母亲刚从地铁八号线里挤出来,一回头,隔着被焦虑与暴躁推磨的人群,她看到一个似曾相识的人影。几乎不假思索地,母亲叫出了燕燕的名字。

燕燕变黑了,仿佛头顶的黑色素被倒吸进皮肤里似的,她的头发里夹满白丝。发梢中泛白的部分多是半透明的,异常糙乱。她还和小时候一样扎着两个麻花辫,我母亲微微一惊,在心中迅速盘算了一下,发现燕燕也是快四十的人了。

为了跟上她,我的母亲不得不逆着人流而行。她一边艰难地往燕燕所在的方向移动,一边竭尽全力喊她。燕燕终于注意到母亲,她疑惑地盯着这个拼命挥手的老女人,她的眉尖蹙到一起,下颌松懈地塌了下来。

很久以后,她好像认出了母亲是谁。

她们并没有像久违的旧友一样婆娑相认,出人意料地,燕燕惊慌失措,她匆忙转过身,往人流更密集的地方落荒而逃。

## Oct.

# 补天

那时我染上一种癖好，每天花大量时间观看流水线的视频。各种产品从无到有，踏过每一道工序，并逐渐形成一个集体。当天轮到的是橘子罐头，一个个青黄参半的橘子疯狂下滚，九十度高温消毒，剥皮，人工复校，切片，装罐称重，灌汁，最后被一个铁皮盖头牢牢封顶。我喜欢看那些半成品向下急流的过程，每一瓣橘子都迅速冲锋，它们显得何其器宇轩昂，仿佛确信自己正在走一条天选之路。

长久以来，我满足于生产线的流畅——它带来松弛的饱和感，不用动任何脑筋，只要盯住屏幕，自然能感受到它的神秘魅力。我本可以安心聚焦于橘子罐头，但那晚不知哪里不对劲，我突然厌倦了流水线上标准的、永无结局的重复。或许我早该料到，对待那些永恒不变的东西，除了在某一天与它相互抛弃，还有别的方法吗?

我扫了一眼时间，九点刚过。出于一种平衡观，我理应再看些别的。于是我点开浏览器，搜一篇想读已久的小说。小说出现在搜索引擎第三页，全网独有这一篇，找到它时我几近放弃。发布小说的是一个私人博客，页面缀以丛林背景，满屏深深浅浅的阔叶植物，绿得眩晕。小说全文似乎都由博主手打,标点用了英文半角字符,使文字空间极其逼仄。在博客的最上方,可以看到博主叫“一藏”,左侧头像俨然一张身披罩袍的背影照。

小说的故事主线并不复杂,讲一个老师带三个孩子去一个县城旅行。按照老师的预想,这段为期两周的旅行能拓宽孩子的眼界。暑期结束,他们就升四年级了,恰逢将真善美填充进他们人生的最佳时机。为了更好地引导他们,老师特意安排大家报名养老院的义工。可是,就在抵达县城的第三天,他们碰上一件值得被写成小说的倒霉事情:他们被绑架了。一二三四,无人幸免。从恐惧到绝望,又经历一阵微妙的迷惑后,四人全力配合,最终老师带领他们成功逃出匪窝。作者毫不吝啬,把最精彩的笔墨花在描写四人和绑匪斗智斗勇的段落。他们如何把握时机,如何打晕笨拙的小弟,如何与绑匪头目肉搏、将剪刀刺进他的胸口。文辞如愈勒愈紧的麻绳,我读得惊心动魄,好像这些血沫横飞的搏斗正在我隔壁发生。所幸最后结局还算令人满意,正义惯例似的压倒了邪恶。四人回到城里,各大媒体纷纷报道他们的英勇事迹。老师的镇定与足智多谋广受赞美,孩子也上了险峻但收益惊人的一课,真可谓因祸得福。可也许是作者故意所为,他在小说结尾留了一个缺口,引诱读者钻进去,一窥被所有人忽略的那部分事实。匪徒各有死伤,最惨的一个被一把握柄缠有红丝线的精美剪刀刺死,而造成这些伤害的孩子们,只有十岁。他们对世事规律还一知半解，却已被迫与黑暗的现实搏斗。河流底部的硬块割伤了他们，扭曲的倒影将终身如影随形。

这篇小说很难讨人喜欢，尤其在此树脂般滴落的夜晚，压抑久久哽在喉头。把它作为一天的收尾，显然不合适，所以我又去搜了另一篇诙谐的读物，企图调节心情。我打开新的故事，巧合随之而来，我发现小说链接的来源仍是一藏的博客。这种重逢让我对博主产生好奇，不禁跳到了“博文目录”，想看看博主还发布过什么。显示屏很快被密密麻麻的目录占领，网罗各种短篇小说，不乏文学史上的经典，也有来自现代期刊的，都已注明出处，条理清晰。

翻了十几页，我察觉到除了小说以外，一藏还定期发一些有关女娲的文章，诸如《女娲氏墓地考》《笙簧：女娲复礼所造的乐器》等等。实际上，他唯一置顶的一篇文章也和女娲有关，记录他关于女娲的一场梦。这些与女娲相关的文章平淡无奇，但散插在许多名家小说之间，看上去突兀而神秘，像午夜丛林中一粒粒幽光缭绕的飞萤。

思索半晌，了无结果，我便想给他留个言。

我写道，一藏先生，无意发现了您的博客，宛如进入一个私人图书馆，妙不可言。读小说之余，我也看到了以女娲为主题的科普文章。恕我好奇，这些文章对您来说是否有什么特殊意义？为什么偏偏是女娲呢？我大胆地猜测一下，您的家谱将您引作女娲的后人，或是您信仰一个以女娲为中心的宗教？冒昧给您留言，盼回复。

我重新读了一遍留言，又在前半部分加了点客套的内容，说如今时代浮躁，他还对小说抱有浓烈的热情，是一件相当高贵的事。经过几番增删修改，我才小心翼翼地按下了发送键。

出人意料，当我再度刷新页面时，我已经收到了他的回复通知。

他说，你看过置顶的文章了吗？

语气利落，单刀直入，似老友之间的质问。我连忙重新点开那篇文章，它以古文写成，篇幅较之其他文章都长，我快速往下拉动页面，像在织布机上滑动一块织锦丝绸。我做了无用功，除了这是一篇记女娲的梦之外，并没读出更多东西。想到一藏可能在线等我的回复，我就静不下心，更无法穿过生僻字和古怪的语法抓住细节。应急之策，也只有开诚布公。

我说，您提到的文章，我读了两遍。但我对古文毫无研究，功底只不过达到能看懂“不知细叶谁裁出，二月春风似剪刀”的水平。就我的理解，您记下在梦中和女娲交谈的场景，另有一些后续。具体讲了些什么，您能指点我一二吗？感激不尽。

不一会儿，我再度收到回复，他打字速度很快。

他解释说，由于梦里的女娲讲的是古文，所以他记录也用了相应的语言，以便还原最真实的场景。为了方便我理解，他简单地把事情讲了一遍。

那是四年前的冬天，女娲托梦给他，说当年补天的五色石中，有一块裂开一条细缝。依照事物的规律，要是任它滋长，细缝总有一日变成鸿沟。不出三百年，天将会塌下来。女娲要他爬天梯上去，往细缝里敲一枚填补的软钉。他有五年时间可用来筹备，如果五年期满还迟迟不走，一枚软钉就不够补天了。拖得愈久，需要的软钉数以幂函数的速度长得愈快，太晚只能等天塌了。

那场梦长如银蛇，他问了女娲许多问题。他最后一次转头望女娲左侧的桃树时，它已在三个季节的流逝中落得一身褐斑，枯枝败叶缠绕在底部；而女娲初临时，桃花还含苞待放。尽管他们没有明确地告别，女娲终究缓缓消失了。他苏醒过来，意识到实际上只过了一夜，一个清晰的白日正笼罩着外面的世界。漫长的梦不曾使他疲惫，反而获得一种前所未有的充实，他就像被豌豆荚温柔包裹的圆润豆粒。他下了床，当时房间里没有人。勉强平静下来以后，梦中的细节一一复现，栩栩如生。他感到脑中似乎嵌入了一卷胶卷，他并非擅长记梦的人，这种情况前所未有。当天中午，他根据梦中女娲的指点，穿过城市里一道道幽暗的闸口，抵达一片清冽无人的空地。在空地中央，一架柔软的天梯垂下。他抬头打量白色的台阶，它们向上延伸，在过路的云间留下穿刺的裂口，径直通往看不到尽头的高空。

这则绮丽的故事令我瞠目结舌,若不是他戏弄我,那他多半是一位想象力过于丰富的精神病患者。我探寻着第三种可能性,比如他在考验我,但目的是什么呢?不管怎么说,这个叫一藏的人谜一般攥住了我。我正思索怎么回复他时,他又给我发了一条消息。

他说,你是无神论者吗?

我说,不是,我更倾向于怀疑主义,但也尊重神存在的可能性。

他说,太好了。现在你有个机会接触到世界的更深层,五年之期不久届满,而我还没筹备完,需要你的帮助。

我说,您需要什么样的帮助呢?如果有时间的话,我一定尽力而为。您能先带我去看看天梯吗?

他说,不用麻烦。我已计划周全,目前只缺最后一点经费。我在文章的第一条评论里留了银行账户,你往里面汇款。我需要至少三十万,你能给多少算多少吧。

看到屏幕上出现这行字,我忽然松了一口气,仿佛重新找回了某种规律,一切又恢复到理性可掌控的区间里。不得不承认,在黑丝绒般泛着碎光的夜晚,刚读完他与女娲的故事,我一度毛骨悚然。如今摸清他的意图,恐惧的余韵总算被打散了。

我回复他,带着莫名的凯旋之意。

我说,哦,骗子!

此后的几天，我照例回到日常生活。每天在家与单位之间奔波，凭经验让一个个无聊的日子消解得更舒适。礼拜三的傍晚，我见了一位相亲对象。对方比我大三岁，一开始便倦意连连。我们坐在一家回转寿司店里，人声嘈杂，如一串此起彼伏的霓虹灯。我一边把盘子从传输带上取下，靠不断吞咽使自己从尴尬的沉默中豁免，一边想，这个地方不适合相亲，可我不知道哪里合适，世界上是否真的有某个地方，孤立无援的人能在那里寻得慰藉。回转寿司好像具有催眠魔力，后来我也陷入一种半梦半醒的状态。四面流光均呈液态，万物相互渗透，拧成一道寓意丰沛的溪流。我们聊一些无关紧要的话题，分别明白到我们以后再也不会见面。一只蟾蜍偶然跃入溪流之中，绕过万千可能性恰好出现在此处，这种碰撞不能说不珍贵，但除了表面的水花无法激起任何意义。更何况，我们都以为自己才是溪流一方。我接连陷入走神，确切地说，我的思绪已经向临近的未来奔去。我在盘算，关于这次见面，回到家该如何向父母交代，明天上班时又怎样抵御同事的追问。预测未来有时很容易，这些都是既定的路线，而我只需要拼命往前跑。

然而，等我真的回到家，计划却没生效。我丝毫没有向父母讲述的兴致，快速钻进自己的小房间，锁上门，对任何询问都缄口不语。那两个多事的老人没有坚持多久，很快，堵在门口蜂群般嗡嗡作响的话语便消散了。不知道为什么，寂静之际，我满脑子只有一藏讲的那个故事：在荒原般单色调的平地上，有一架通往天空最高处的云梯。

那不是我第一次回想那个故事，短短几天内，它时常突如其来地跃入我的思想，并引发一阵神秘的神经痉挛。平心而论，一藏讲故事的水平不差。我想起上世纪一部叫《神秘列车》的电影，里面有个意大利女人花二十欧元买了一个骗子讲的故事，而我却没给一藏一分钱。没有人会在揭穿骗局后仍然给骗子钱，时代将这种做法视为软弱。即便如此，似乎依旧有泥泞之物在啃食我情感的边缘，那并非对一藏的内疚或者同情，反倒是一种更广阔的、凌驾于个人之上的东西。

如同鬼迷心窍一般，我打开电脑，娴熟地搜到一藏的博客。系统提示我有几条留言，最新一条是昨天午夜。我深吸一口气，点击留言箱，像要潜入深不可测的、在群青与深绯之间闪烁不定的海底。

他用两三条留言来说明需要用钱的地方。上天时，他会随身带一根绳子，绳子上拴够一路要吃的特制压缩食品。初步计算，他往返路程大约四十年左右，这期间的口粮都要提前准备。除此以外，这么多年里他不缴任何社会保险。等他熬过这四十年与世隔绝的生活，回到人间，他已然是个彻头彻尾的老人。那时候他毫无收入保障，可能还得了病，关节炎、肾衰竭、癌症，或其他人老了总会沾染的一些疾病。所以，他得趁离开前存一笔未来的开销。

我对数字没有天赋，草草略过了他列出的堪比长文的计算公式。

在末一条留言里，他说，亲爱的朋友，我向许多网友求助过，有一小部分人信我，其余都不信。对于不信的人，我从不纠缠。一个人要是相信一件事，那种魅力在于“相信”本身，不是任何逻辑或劝说可以交换来的。我下周四就要启程了，你可能是我在地下接触的最后一个人。我打破了原则，单方面祈盼你能信我，大概觉得那样是个吉兆吧。这次登天，我将带上电脑和发电器，不定时更新我的行程情况，但我不知道机器到哪一步会失灵。我是说，越过某一个高度之后，科学类的产品都会失去功效，那不过是神赐给人类的玩具而已。你随时可以和我联系。如果你改变主意，也欢迎往我的账户里打钱。

一藏仍然坚持着那个天花乱坠的故事，我暗自发笑，却也不急于和他了断。我戏仿他的语调，回复过去。亲爱的朋友，没想到你已经把我当朋友了，速度惊人。你到底是不是骗子，我们各有结论，这且不谈；但你怎么说服家人去补天的呢？你结婚了吗？

不出五分钟，一藏发来新的回复。这次我不那么惊讶了，他好像二十四小时守在电脑边，也许是骗子的工作需要吧。他说，这与其他人无关，我自己已做出决定。确切地说，我和命运达成了一致，客观的道路由此内化，成为我的使命。我爸七年前死了，埋在一棵五针松底下。我妈年轻时当过仪表厂的女工，能调整最精细的刻度偏差，什么都难不倒她。

我说，你妈相信女娲的存在吗？

他说，不知道。我们平时不谈这些，只说明天吃什么，天冷不冷。

我顺着他的话说，你要是走了，你妈肯定很寂寞。再也没人和她说冷不冷的事，总有一天她老得神志不清，对着白墙壁深深叹气，说雪下得太大，整个世界都被吞没了。

他说，每个人都有自己的命运，我们没法拒绝。我能做的只有多给我妈留点钱，可我现在钱不够，你如果能给我打些钱，我真的很感激。作为回报，我补完天之后，可以把你的名字刻在天上，弄个纪念碑。

我说，得了吧，我还不信这事呢。你一口一个命运，告诉我，女娲为什么偏偏选了你？

他说，我怎么能揣测一个比我通晓更广的神灵的想法呢？她选了我，除了我没有其他人能去，所以我非去不可。

我说，那女娲现在在哪里？

他说，她走了。他们都走了，没有神仙愿意管我们。女娲也想甩手走开，但我们是她亲自抟出来的，多少要对我们负点责任。

我说，哦，听上去像个对儿子失望的老母亲。

他说，有点那个意思吧。

我说，我可以给你钱，不过我想见见你。你不是下周四走吗，反正我们同城，走之前找个地方聊一下？

我们最终把约见定在礼拜二晚上，一家娴静的日式餐厅。白麻布的制服塑造出一批类型化的店员，他们说话行事都很轻，像是唯恐扯破店里呈块状的沉默。

我四点半就落座了，比约定的时间提前两个半小时。我从不热衷与陌生人接触，有时迫使自己上前，比如努力适应相亲场合，只是一种克服社交恐惧的方式，是一个不善游泳的人溺水前的扑腾。我之所以早退来到餐厅，无非是因为想到要见一藏，我那样忐忑，没办法若无其事地继续上班。

在见面这件事上，我骗了一藏。即使他如约而来，也休想从我这里拿到钱。我不是慈善家，更不可能落入骗子的陷阱，我和所有穷困的人一样实际。然而，我控制不住想见一藏的念头。我的眼前好像有一扇虚掩的门，要是我和一藏面对面坐在一个真实的环境里，我就能跨过那扇门，凭遮盖物从谜底上滑落，某些抽象的东西即将定型。

我们没有交换多余的联系方式，我只能用手机在他博客留言。我说，我到了。我刷了几次页面，一藏毫无动静。时隔不久，母亲的来电点亮了手机显示屏。她声音很响，像一把针扎进我的耳朵。母亲问我，你今天不回来吃吗？我说，嗯。她问，你去哪里吃？我说，和朋友。她问，男的女的？为了不让事情复杂化，我说，女的。她继续问，你什么时候回来？我说，不知道。她强调说，大概，大概几点？我答不上来，想反问她，难道我是保释的犯人吗，我必须按照精确的钟点活动，而她则是那个严肃的监督者。可我没那样说，我们之间只有延绵不绝的日常，多余的修辞难免造成不必要的误会。

那几年我想过辞掉工作，去北方读研究生。一来可以逃脱父母的控制，抓住自我独立的起点。二来我从小生活在这座城市，身在其中，没机会看清它真正的模样。我本就犹豫不决，父母的阻止更延误了我下决心的时机。母亲总对我怀有充满前瞻性的焦虑，她像一个早已从水晶球里看透命运的神婆。母亲常说类似的话，过几年你就知道了，什么成就都不如安稳。尽量和其他人一样，别长犄角。我想象如果我把一藏的故事告诉母亲，她会有什么反应。从前有一个人，他抛下仅剩一个母亲的单薄家庭和俗世生活，上下攀爬四十年，只为把一枚软钉敲进天空的缝隙里。这四十年里，他除了爬梯子什么都没干啊。等他重新回到这个世界，沧海桑田，过去拥有的皆尽消散。他面临无尽的阻力与风险，但他不在乎，他对自己所做的事深信不疑。母亲会笑出声吗？还是怒火中烧，谴责我正经事一件做不成，却总被愚蠢的故事蛊惑？不，我觉得她根本承受不起这个故事，哪怕只当故事听也不行。

等待一藏的过程中，我心烦意乱，仿佛有一个向下推石头的西西弗斯正在我体内行走，巨石沉甸甸地往我胸口压去。

我多次站起来，去店门正对的露台呼吸一些新鲜空气。

这个时节徘徊在霜降前后，事物尽在消减，白日也如节节败退的骑士。五点出头，太阳已奄奄一息，灰暗调性与消逝的时间俱长，天空似被油漆匠一遍遍刷得更黯淡。我最后一次去露台时，天色稳定在藏青色。也有零碎的流波在天顶中央涌动，宛如熔炼着一卷卷氯气，放射出淡绿荧光。我望着天空发愣，在一望无际的幽云背后，那道细微而致命的裂痕，究竟落在哪里？

我回到餐厅的座位上，茶水续过好多次，表面上浮了一层细碎的灰尘。不知什么时候，店里放起了音乐。恰逢播到一首充满时空感的老歌，《北国之春》。扬琴如雨滴敲在旋律上，力度轻柔，古朴的歌词渐渐露出来：家兄酷似老父亲，一对沉默寡言人。

我低头看了看手机，七点半刚过。

那一瞬间，我好像忽然望见世界的尽头。原本想好要与一藏讲的话，如今全部知趣地退场。尽管没有确切的答案，但我已经明白过来，我等的人不会来了。

一藏不再更新博客。新的文学杂志上市了，新的作者写出动人却昙花一现的小说，时代信息仍不知疲倦地膨胀。一藏没有跟上时间线，落下这一步，以后再也追不上了。

我没想到还能收到一藏的消息。那时我对他抱有一种理性的期望，就像一个沙漠中的行者对待自己想象中的绿洲。我反复读他的博客，翻过每一篇小说和与女娲相关的文章。我还发现了他的几个错误，包括错别字，以及他在一幅配图中，把女娲贴成了一个黑人。

大约又过了一个多月，冬日伊始，城市多荡起干冷的风。有一天傍晚，我的留言箱里又有了新消息。我以为是系统例行公事的群发，结果意外发现留言的人是一藏。我许久都回不过神来，几乎凭着本能读了下去。

亲爱的朋友，抱歉我那天没有来。我是一个独自在丛林中待太久的人，当我试图回到人群中，比如见你一面，我才发现根本做不到。我这么说，不是想给自己找借口。我很愚笨，做错过许多事，真心希望你能原谅我。为了补偿你，即使你最终没给我打钱，我也会把你的名字刻在天上。可以告诉我你的名字吗？我现在已经爬过第一层云了，上面特别冷，我穿恒温服，打字有些不方便。你们应该也入冬了，今年雪来了吗？我真怀念陆地上的时光。我记得小时候，城北有个滑冰场，我和一群朋友常去那里。有时买不起门票，就隔着铁丝网看别人滑，还把手指悄悄伸进铁丝网格。那个地方后来拆了，但每到冬天，我总觉得很高兴，深信会有什么好事发生。爬云梯的这段时间，我整天想的就是这些事，几乎重溯了一遍过往的人生。我是那么普通的一个人，能被女娲选中去补天，真的受宠若惊。我知道你可能不以为然，但我不在乎取笑。补天是一件徒劳无功的事，如果我补好了天，天没有塌下来，世人根本不会知道我的存在。如果出了什么意外没补成，所有人都会死，也没人知道我曾经付出多大的努力，我赌上了自己的一生。或许你还会想，我们最多也就再活五六十年，而天即使要塌下来，也是三百年以后的事，这和我们有什么关系？日子最难熬的时候，我自己也想过这个问题。苟且偷生显然更容易，但我是被选中的人啊，无论因此失去什么，我都走得义无反顾。何况路上景色很美，最近气候太冷，等春天一到，我就给你拍一些照片。最后，还是希望你原谅我，要是能给我打些钱就更好了。

尽管我把留言读了好多遍，在收到的当日，以及往后的许多日子，但我始终没有回复他。我没什么可说的，不是为他失约而生气，归根结底，这些拉扯都没有意义。一藏的故事于我更像一个精神舞池，这里面有广阔无垠的天、天底下遥远的红男绿女、鸡鸣狗盗、极尽荒谬的人事，可以随意出入的却只有我一个人，这是我的精神，不能复制给任何人，连一藏都进不去。

那个临近的春天匆匆来临，卷起浅绿色的衬裙又迅速飞走。一藏没有发来照片。我以为这件事就这样过去，结果在两年后的秋天，一藏的讯息又猝不及防地出现了。

亲爱的朋友，附件是我所在之处的照片，用电脑摄像头拍的，像素有点低。我弄不大清现在是哪一年了，当然我每天都在记时间，可我怀疑记录是错的。一开始，我每爬四个小时睡十五分钟，没坚持多久，就把时间搞得乱七八糟。后来我明白，在这种了无边际的环境里，规律不可能单独存在，所以我调整了策略，我竭尽全力往上爬，一次性用完所有能量，然后睡到足够为止。这是唯一的方法，不过这样做的弊端也显而易见：我变得很混乱。我几天前发过烧，也可能是几个月前，现在对周围事物的感受更模糊了。只有一点我是确定的：要不断往上方爬。你最近怎么样呢？很想听听你的消息，这对我会有很大帮助。

附件里的照片美得惊心动魄，看一眼便觉呼吸凝滞。外圈是由白到紫的渐变色，内圈色彩更浓重，鱼鳞般的光泽浮在其中，宛如一片倒置的迷你海洋。图片的右下方，有一个高举的“V”字手势。一藏的手指略有变形，较之常人显得更粗短，莫名使照片增添一种超现实的色彩。

那一年我正式过完三十岁生日，我们心照不宣地放弃了蛋糕与仪式，母亲似乎觉得那是一件不值得庆祝的事。我私下里仍怀有考研究生的念想，报名渠道开放的期间，我常在招生网上翻看信息。社会学、法学、应用心理学、中文，或者任意一门语言等等，我都愿意为它花上三年去学习。可事实却是，我一次次填完信息，总在面临按“提交”键的选项时反悔。各种琐事将我的精力瓜分得一干二净，我抽不出丝毫时间准备考试。我想，明年我该早几个月开始准备，把握或许会大一些。

只是时间流逝确实赋予人一种领悟力的觉醒，过了三十岁，我忽然明白衰老究竟是什么。它不仅意味着你自身的力不从心，同时更猛烈地向你的父母一辈进攻，迫使他们将一部分压力卸到你身上。不久后的一个雨天，我父亲忽然从地铁站里的自动扶梯上倒下去。一群人因他手忙脚乱，救护车匆忙赶来，把他送进医院。在医生办公室里，我们被告知父亲这次昏迷源于血压骤高，不算太要紧，但需要持续吃药控制。我的父亲很快就苏醒过来，此后，他莫名觉得膝盖僵痛，再也走不了远路。

我逐渐放下翻一藏博客的习惯，偶尔突发奇想才去看一眼。有一次整理电脑文档，发现一藏当初发来的那张照片。它依然保有初见时的惊艳，不同的是它看上去更容易接受，那幅景象好像真的会在未来降临。我一时感慨，登录了博客，便又读到了一藏的留言，距离上一条留言，已有三年多了。

亲爱的朋友，我犯了个大错。原本说来回要花四十年，前阵子我才明白过来，我计算时少列了变量。修正以后，我发现四十年只是单程——也就是说，补完天之后，我并没有重回人间的可能。所以我先到达终点，笃笃把钉子敲就位，然后呢？我得站在梯子的尽头，等待有一天死亡降临，等待大发慈悲的阎王早日来对我说：好，你自由了……

母亲一声声叫我，晚饭时间到了，我合上电脑。我的父亲每况愈下，母亲几乎把全部精力用来给他拍打、按摩，探索他无动于衷的面孔下有何细腻波澜。母亲有时不想做饭，就买一些熟菜，或从隔壁的面包店拎回一个油光四溢的袋子。七点以后，商家畏于临期未售的风险，常打折处理食物，这多少给母亲一点安慰。

我再未提过考研，回想起来，整件事只是一场青春晚期的白日梦。可即便留下来，事情的进展也并未如父母所期望，但母亲渐渐不再催我结婚。假装那个问题不存在，总好过在直面问题时被迫接受自己的无能为力。为了免遭奚落，母亲参加朋友聚会的次数越来越少。几年里，她把“死”频繁挂在嘴边，仿佛那是一颗她随时可以启用的核弹。那时我要是细心些，就会察觉她的精神正在瓦解，缓慢，难以回转。

我想起母亲从前的话，它是错的。人生没有真正安稳的时候。

亲爱的朋友，有一件事我要和你坦白。我们曾约在一个礼拜二见面，那天我其实去了。你穿着白色绒线外套，往里是格纹连衣长裙。我迟疑许久，最终不敢上前和你打招呼。为什么多年以后，我还清楚记得你的样子？因为我时常想起你。在漫长的补天之行中，有两个女孩我想得最多，其中一个是你。另一个女孩，是我一位相识多年的朋友。我唯一在现实中对人讲补天的事，就是对她讲的。当时我们正在一家快餐店里吃饭，并排坐在靠窗的长桌上。她没说什么，也不显得惊讶。过了一会儿，她抬起头，看上去有一种动物性的悲伤。那天我送她回家，临近她家门口，一阵大风劈头盖脸地朝我们掀过来。她靠近我，说了什么，一开始我没听清，她不得不反复说几次。她说，风把我头发吹你脸上了，你有没有感觉？我没明白，你们身上都有一些令我费解的东西，以至于我想起你们时，总有一股深深的遗憾。至于我，我现在到了一个新的地方。这里没有色彩，只有形形色色的光，我猜其中有一部分是星光。你还记得以前自然科学课讲的吧？我们所见的星光，都是星星在几十亿年前发出的光，有些星星如今可能已经不存在了。在陆地上时，一到夜晚，我们就站在死亡与回忆之下。对星星来说，我们记录了它们消失的过程，我们其实是一座座星星的墓碑。此时我所在的位置，能比你们陆地上的人先看到星光，这很有意思，换句话说，我比你们先看见未来。

我不记得去见一藏时穿什么了，从前我有过各种衣服，度过人生某个阶段以后，它们消失得比退潮还快，如今不可求证。更何况，那次约见早已是往事。现在我读一藏的留言，就像在读一首诗，其中俨然藏有超越感官的东西，距我那样遥远，却渐渐可信。

“未来”对我而言失去了美妙的形态，它由一层层抽象的压力交叠而成。可我们避无可避，它以不可干扰的节奏落下来，落进我几十年都没走出的房间，落入我形如槁木的十指之间，也落在日益含混的母亲身上。

母亲更老的时候，整个人像一只干瘪的红色塑料袋。她被丢在医院的病床上，双手布满吊盐水留下的针孔。人们在医院里来来往往，困倦的、冷峻的人。我每天下班都去看望母亲，有时带一些水果，多摆在桌上，等它们由内而外被蛆虫腐蚀，再换一批新的。这时距离父亲去世，又过了九年。

有一次探望完母亲，医生悄悄把我拉到一边。他说，运气不好的话，估计这个冬天可以准备后事了。他那副自然坦诚的模样说服了我，我想问他什么，却想不出从何问起。我跑回病房，隔着门打量着母亲。难以想象，这个单薄的女人从前多么强势凶狠。此时，母亲斜靠在床垫上，喃喃念叨，现在该怎么办，现在还能怎么办。她的旁边还有两个病人，一个正在昏睡，另一个把头转向窗外，病人的脖子以别扭的姿态翻转着，不知被什么东西深深吸引。

我离开了医院，天光黯淡，十月的冷雨簌簌跳落。

前一天夜里，我做了一个非常古怪的梦。我和一群朋友在看一部很长的电影，大约六小时时长。看到一半，大家纷纷离场，待我回过神来，电影院已经空无一人，死寂跌宕于影院之间。我扶着侧边栏杆走出影院，不敢回头，可午夜的街上同样不见一个人影。我本想打车，走了一段路，最后遇上一辆人力车。我没有交代目的地，车夫主动把我送回小时候居住的一间房子前。我很感激在这穷途末路还能遇上一辆送我回家的车，想多给车夫一些钱。我翻了翻包，只看见花色纸币和水果。梦醒之后，我反应过来，这个梦四下充满了死亡意味。空空荡荡的街道，一言不发的车夫，花色纸币好像冥币，水果则是贡品。我感到毛骨悚然，那是一种言语难尽的、切身的恐惧。

直到这时候，我才明白，为何一藏的故事常在我身上唤起神秘引力。有一瞬间，我豁然开朗，相信了一藏所讲的一切。那些关于金钱的猜忌，与承受整个故事的真实性相比，根本不值一提。许多年里，一藏断断续续地给我写过一些留言，为的也许就是我终究相信它的这一刻。如果我最终信了，那么一场无与伦比的春日就会在荒漠中焕发。它所向披靡，甚至能往时光流逝的逆向回溯，使颓唐的旧日也充满生机。

可与此同时，我面临着一种选择，而我的怯懦早已将我引向一个明确的选项：信仰稍纵即逝，如烈火烧尽，我回到了一个彻底现实的世界。我落在这里，因为他们都在这里，我的母亲正望向我，高深莫测。

现在，不管那个与我无关的人攀爬得多高，是否悄无声息地拯救了世界，我只能终身受困于人类的无能为力。

时隔多年，我再次给一藏回了一条消息。

我说，不要给我留言了。如果你真的上天，也不要写我的名字。我是个碌碌无为的人，只想和其他人一样。

可我发现，我已很久没收到一藏的音讯，他上一次给我留言，也是四年前的事。也许再无介质将我们捆绑，也许我只是朝孤独的夜空中放了一束幸甚至哉的烟火。

**Nov.**

# 俄罗斯套娃

我们说起俄罗斯套娃，是在一个与此毫无关联的场合。

晚夏在焚烧中趋于灰烬，是中午，自助餐厅里的白炽灯还没打开。你突然走上来，手中捏着一只餐盘，光洁而哑默，好似殡葬仪式后随赠的回礼。尽管事实确凿无疑，我仍然不敢相信那个人是你，甚至低头迟疑数秒，以回避这居心叵测的运气。直到你开口问我，最近怎样——祈使句，仿佛讲述者的意图并不在于答案，只是单方面表达一种恍如隔世的淡淡友谊。我不得不转向你，你穿了一件白色T恤，眼镜由黑框换成一度流行的金丝边，较之从前稍胖了一些。

我们在餐厅最角落的圆桌落座，你的盘中已摆满食物，基围虾与鱼肉蜷缩在中间，海藻铺在一侧，形同墓碑前的花束。我也差不多，眼前是一座饱和的食物之山，其实拿菜时我根本没有思考，重逢已如黑洞汲尽了我的精力。

你讲到彼时状态抑郁，列举出一些事例。前一个月，你和朋友去天柱山九曲河漂流，你们对烈日的攻击性毫无戒心，便没带防晒霜，等到了现场才后悔莫及。当时四周有上百人，几乎人人手持防晒喷雾，每往前走几步，焦虑感就促使他们往身上补喷。你本可以向任意一人借——你知道他们大概率不会拒绝，五毫升防晒霜在人生中属于微不足道的财产，可抑郁偏偏在那一刻颠荡起来。你好像站在一片异星的旷野中央，周围密集分布着黑色三角形。它们略高于你，列队秩序井然，同时聒噪地发出一种你永远不能理解的信号。某一瞬间，音量又突然蒸发，寂静得只剩下耳鸣。你的汗腺加速张裂，木讷、失语，再次感到自己在这场景中如此多余。你无法向那些人开口，而毒烈的日光绝不会因此体恤你。你说着，伸出色差分明的手臂，肩膀以下黑得像粘了一层影翳。我问你为什么抑郁，你回答，假如能知道原因，早就对症下药了。这在我看来，不过是一种含糊其词。

我就是这样提起俄罗斯套娃的，本意用以宽慰你。我说，这几天我一直在想，俄罗斯套娃是一个很有意思的隐喻。我们起初都是最外那一层的大套娃，继而会受到失望、落败一次次磨损，但没关系，里面还有许多一模一样的套娃，只不过小一点。我想指出的是，人远比想象力极限的自我更坚韧，即便在蒺藜丛中跋涉一生，也不会抵达真正的溃败。但你很快察觉到另一个角度，你说，从大到小，所有套娃都长得一样，这意味着我们本质上也不会有长进——还是会犯同样的错误，痛苦将无尽地循环。

那天晚上，我们沿着河堤散步。这是一座陌生城市，过去我对它的认知不过是地图上的一粒像素，浅青色，混杂着长江下游东岸的湿热和已遭稀释的隋末历史。河边修了木道，绿植重新栽种过，其造型中暗含一种与人类意志顽抗后的颓败之美。一开始，我们一言不发，只低头行走，拓出一条艰涩的位移——尽管作为一段未来的回忆，它的滞障终会迎刃而解，成为最明亮的旧日星辰之一。在河道中流的一处，我们停下脚步。对岸树林在夜里尽失色彩，不时有风，一些影子被拢得连贯。更远的深林之中，光线如斑点上下浮动，我们推测有某种生动的东西存在于认知之外。

我记得是你先开口的。当时月光丰沛，在浪尖迁跃不止。你说，河面上到处是白银，有一种未来感。因为银很容易氧化，而能保持白色说明一直在被擦拭、更新，供应着通往未来的可能性。你说起小时候，你用胶片相机拍摄过许多河面的照片，洗出来总是一片漆黑，或者是同样糟糕的曝光过度。积攒了太多废弃照片后，你学会把见到的场景记在心里。然后——有一天，你忽然发现一些水波运行的规律会重复出现。

你知道这说明什么吗？你问我。

我说我不想知道，但其实并不是这个意思。摆出一种拒绝的姿态，也许只是想告诉你，刨根问底没有意义，重要的是此刻正从我们身上焕发的感受，那些转瞬即逝的、无限趋近于爱的幻觉。

就是在那次分别之际，你送给我一本笔记本。我随手翻了几页，问你里面那些关于数学家的片段究竟是什么意思。你出了神，很久才笑起来。我未曾料到，你的眼睛从窗外回落的时刻，竟被一根尖利的楔子钉在我的回忆中。在多年后的一些梦里，深褐色的球体时常浮现，位于世界中心的一颗或漫天流窜的群星。当我醒来，察觉到那个符号的含义，那种隐痛再度与过往的一切慢性炎症并发。

你让我留着笔记本，我说好。后来我才发现你回避了那个问题。

斯蒂尔切斯（1856年12月29日—1894年12月31日）

长期困扰埃尔米特的是一种冲动，他渴望犯错、毁灭，见证逻辑崩溃的各个瞬间。有一天夜晚，他梦见了逻辑的形体。它正像桂河大桥一样坍缩，漫天尘屑，宣告这种人造桎梏的终结。埃尔米特突然意识到，自己早已厌倦在错误的演算之间进退两难，他需要的是一种信仰——没错，困境从来不在椭圆函数领域，他甚至积攒了远超同行的声望，真正的故障出在抽象层面。或许源于此，他开始笃信神秘主义。

埃尔米特相信数学是超自然之物。凭借命运心血来潮的好意，普通数学家也有机会窥见数学的奥妙，但对于缺乏天赋的人而言，即便见识过真理，也终会因误解而远离。终其一生，埃尔米特都在寻找“真正的数学家”。他们经过上帝刁钻的遴选，赐予用以洞察数学的目光。

1882年至1894年间，埃尔米特与斯蒂尔切斯交换了共计432封信件。通信初期，后者仅为莱顿天文台的一名助理，学业不顺，亦无研究成果。出于某种不可知的原因，埃尔米特坚信斯蒂尔切斯具备上帝的馈赠。

1885年，奇迹电光一闪。斯蒂尔切斯在巴黎科学院发表简报，声称证明了黎曼猜想。然而，斯蒂尔切斯以“证明仍需简化”为由，一再拖延公布证明过程的时刻。

1890年，始终在等待的埃尔米特决心采取行动，故意将法国科学院的数学大奖主题定为与黎曼猜想相关的证明。可直到大奖截止，斯蒂尔切斯仍然没来参赛。

4年后，斯蒂尔切斯突然去世，时年38岁。

“黎曼函数是宇宙的密码”，这句话发生在我们初见之日。一句用来描述密码的密码，一个危机意识扩散的起点。如今，我将其装进双引号，来确信它曾真的在你口中出现——从电波形式被吐进由一个原子构成的空间，带有震动、湿度，以及略高于人体标准的温度。

那天我们刚从同一场聚会分头出逃，我站在楼下，裙子边缘因过长而沾染了灰尘——这是你走来时我显得不安的原因。或许我一贯如此，自省过度，难以忍受身上有任何形式的暗疮。你似乎对什么都不在意，而这种漫不经心多少给了我安慰。我们很快开辟了各种话题，你在一家游戏公司做编程，最近开发的一款游戏里就有类似场景：两个被派对抛弃的人在黑水中相逢。我问,黑水是什么?你说,其实是一个藏宝区的入口,只要往后退一点,他们就能进入截然不同的剧情,但大部分人都会错过。我说,我肯定属于大部分人。你补充说,游戏里的男性主角是个吸血鬼,为了躲避十字架早年离开了欧洲,但他无法适应现代化的发展,得了抑郁症,正准备买船票回旧大陆。我也许笑了,问你,这到底是什么游戏?你告诉我,叫《创世》,十年后会上市。这是一款全景游戏,构建了一个多维并行的世界,不只吸血鬼,各种异兽鬼怪、自相矛盾的科学定理、庞杂近乎失去逻辑的观念体系都存在。有时你感到它不只是游戏,它包藏了一种模糊现实与想象边缘的野心。你转向我,启用一种含糊不清的语调。也就是说,它提供了一则可能性,即世界由一种程序性的语言构成。或者反过来想,只要时间与人力足够,程序语言足以建树一个远比眼前世界更精巧的空间,因此,很难排除我们不是生活在一个虚拟世界。你问我,如果有一个按钮,只要按下就能毁灭世界,我是否会操作。我说很多人都想过这个问题,我不会按。无论如何,让这稚拙难堪的文明无尽传承下去更有快感一些。接着,我们同时望向天空。藏青色的云岭幽幽开合,星星大多晦暗,只在我们凝神的瞬间稍露形态。你提起几年前自学过天体演化学、空间天文学、高能天体物理学等科目。就在这时,你说,黎曼函数是宇宙的密码。

你父亲也研究过黎曼函数,尽管他只教中学数学,课程难度最远不过涉及积分和几何。那个年代还没有互联网，他成天去图书馆，在一本本晦涩的书里搜集箴言碎片。很长一段时间，他总在吃饭时跟你讲黎曼函数，从1859年黎曼在柏林科学院的报告《论小于一个给定值的素数个数》到具体解析延拓的过程。一些熟悉的名字：斯蒂尔切斯、图灵、高斯，像五线谱上错乱的音符，你似乎能念出他们的声调，但对他们在体系中的位置、意义一无所知——是的，你不明白父亲在说什么，有时候你怀疑是自己的错。

有意思的是，你们在黎曼函数上耗费过大量时间，但你对父亲的印象几乎与数学无关。回忆起来，多是他被母亲数落时一言不发的模样；或是蹲在那里，看修车匠给他的自行车补胎。有一年夏天，空调突然罢工，他脱下几近断裂的橡胶拖鞋，踩着椅子爬上去，试图检查故障原因。你看见汗水沿着他的耳朵、脖子流下来，源源不断，汇入衣服上潮湿的斑点。你好奇一个人体内究竟储存了多少水分，是否可以作为一种刻度，记录人流失的过程。还有一次，你逃学去网吧打游戏，老师把你父亲叫到学校。父亲竟没有责罚你，反倒安慰你不要难过。从前你以为那种宽容的起源近乎爱，是一个不善言辞的男人经过内心复杂蒸馏后的成果，但好多年里，你逐渐明白，他不过是对数学以外的东西不在意罢了。

我问你，后来怎么样了。我指的是你父亲在黎曼函数领域的建树，也包含对黎曼猜想本身命运的关切。而你告诉我，父亲在你念初中时出走，再无音讯。四年后，成为法院布告栏中一个被宣告死亡的名字。

沉默适时补救了当下的空白，填埋某种低频的情绪。我们被与过去的自己间离，一瞬间，磁场仿佛倒流回初时的状态。

你微微侧向我，昏暗中，枝叶飒飒作响，鸟雀间断的细鸣好似一次次微小的擦伤。你身上有早晨湖泊远侧白雾的气味。你问我，怎么会来参加这场聚会。我解释，聚会的主办者是我的前同事，我们养成过在午休时往来对话的习惯，但对话的功效仅在于维持关系，以至于我根本不记得我们聊过些什么。

我反问你同样的问题。你说，你和主办者不熟悉，只是代替一个朋友前来。

代替一个朋友……我轻声说，试图通过复述来弄明白信息背后的来龙去脉。

是女朋友，她在另一个省出差。你补充说。

而那也已经是很多年前的事情了。

约翰·纳什（1928年6月13日—2015年5月23日）

《美丽心灵》是谎言。

电影，艺术；骗局，太红的苹果，阿帕特的牙齿，大洋洲上所有人都说谎的岛。

约翰·纳什没参加过电影里的授笔仪式。以及，他并没有一个考上哈佛的儿子，他的儿子同样是个精神病人，癫痫发作时是一堆抽筋的肉。

约翰·纳什对外星人深信不疑，经常声称自己受到外星生物发来的密码信息。他在笔记本里写道"Rational thoughts impose a limit on a person's relation to the cosmos"，Rational thoughts应该如何翻译？怎样的念头阻止了人与宇宙秩序的亲密？合理的、理智的，还是自诩清醒的？

约翰·纳什的精神分裂与黎曼函数有关。一开始鲜为人知，后来就传开了。20世纪50年代末，纳什在哥伦比亚大学做了一场演讲，主题是黎曼猜想的证明过程。然而，倒霉的旁听者们最终只是去见证纳什当众发疯的过程。磕磕绊绊，语无伦次，一场纳什式的灾难，而这只是一个开端。

黎曼猜想与素数计数与分布相关，纳什最喜欢的素数是23。

为此，他声称自己即将成为教皇约翰二十三世，并出现在著名的《生活》杂志封面上。

数学界见识过太多疯癫言语，没人在意太多。

格罗腾迪克（1928年3月28日—2014年11月13日）

格罗腾迪克出生于德国柏林，命运多蹇，辗转频繁。

他拥有独特的数学天赋，30岁以前就成为拓扑向量空间理论的权威之一。50年代末，主攻研究方向转为代数几何和同调代数，建树广泛。70年代初，格罗腾迪克因精神失常退出数学界，与所有朋友失去联系。

据知情人透露，格罗腾迪克的失踪与黎曼猜想的研究有关。

我想说的事就发生在不久之前。我想告诉你，即便现在，当我听到你的名字被提起时，仍然有一种被他人梦呓切中冰山底部秘密的紧迫感。那天我正在洗锅上的油渍，我丈夫的声音突然从客厅传来。他习惯晚饭后开一会儿电视，休闲消食，同时靠电视里流动的词语来活跃空荡荡的房间。四月末，他曾因突发心脏病住过一次院，如今喝中药已成为一段难熬的夜间插曲。衰颓来得那么快吗？转瞬之间，我们顿悟自己是被从冷柜里舀出来的冰激凌球，已摆入倒计时的托盘，且时时都在融化。我们有一个儿子，秋天刚升上一所寄宿制学校。送他入学那天，我们途经山海路，我才发现从前满街的商铺全都拆迁了。在那个遥远的夏日，我和你反复盘桓于这条路上，烧烤、龙虾、啤酒、各怀快乐的人群，像子弹从我们身边掠过。现在那里立起新的建筑，不高，但神秘而冷峻。处处大门紧闭，让人摸不清这些地方都是干吗的。近几十年来，城市变得日益威严，因为个体纷纷在信息随机拼凑的幻象中溺水、沉没，从城市的真实成分中疏离。

你对这些大概不感兴趣。

我匆匆跑去客厅，恰好赶上一场访谈的高光时刻。受访者是一位退休警察，正在讲职业生涯中的离奇案件。他的眉毛过于浓密，往额心的旋涡拧去。制服和配枪都已抛弃他，但他还有亲历的记忆图景，以及讲述的权利。

“应该是秋冬夜晚，阴雨落不停，防弹衣扣在身上很重。我们冲进房子，老太太被绑在床上，她儿子举着刀。一把古巴刀，不知什么来路，很精致，放到旧货市场绝对可以卖个好价钱。我们进门的一共两人，还有三个守在外面。老太太嘴里塞着抹布，哭个不停。她儿子也在哭，只顾哭，好像没看见我们进去一样。她儿子年纪不大，长得蛮清秀，可惜头发白了不少，看上去像一种动物——说不上来具体是什么。我们队长和他讲话，他也不理睬。后来我们才知道，那个人已经疯了。整天搞数学，最后把脑子搞坏了……”

古巴刀是哪一年流行起来的，又怎样最终从时髦爱好中脱身，我都记不清了。即便警察破门而入之时，它也属于古旧的道具，而我通过电视目睹这场回忆，更是形成一种时空破壁的三角关系。就像好多年前，你在房间里给我读契诃夫《三姐妹》的段落——一个俄国军医从当时报纸中获悉：中国，齐齐哈尔，天花正盛行。当时我被一种失焦感淋透，假如时空自有其微妙的闭合回路，那么我们所要做的，或许只是专注地等待契机，听凭充满不确定性的火焰在耐心之烛上闪烁。

我丈夫说，就是他吧。谨慎、带一点骄矜，像一个游戏赢家正从叠叠乐底部抽掉最关键的一根木棒。接着，他念出你的名字，M。他说，男人哭个不停可不算什么好形象。我告诉他，疯子拒绝被评判，一个人如果真能把脑子搞坏，实际上也获得了一种自由的特权。这辩护多么无力，首先它将你安置在世俗文明的下游，确认你弱势的地位。

谈话似乎鼓励了我丈夫的好奇心，终于，他问及往事。电视还开着，广告插播进来，女演员自顾自吐露矫作的台词，对房间里的一切冷眼旁观。我丈夫提问完，便移开视线。独留我在回忆泥沼之中，进退两难。那么多年过去了，事情变得更难以启齿——没有什么具体缘由，非要找一个原因，也许是为时间里所滋生的变故承担责任的义务也分摊到了我（一个讲述者）身上。我必须更严谨地甄别，防止潜意识犯那种错误：迎合过多分泌的情绪，而离理想中的客观越来越远。

恋情最终也没在我们之间发生，我是指一种严肃的、通往未来的关系。我对丈夫如实相告，因为你当时的女朋友Z。我丈夫笑了，又是一个难缠的女人吗？他很快想到我们的一个共同好友，那人直至分手五年后，还被前女友纠缠不休，动用的手段包括自杀、跟踪、定期骚扰他的家人，有一次还把吃剩的辣火锅底料寄给他。他收到快递时，油脂凝结成一团，好似绵绸质地的丝线。后来我回想起这个陌生女人，惊觉她具有诗人的天赋。我说，Z倒不是那样的人。相反，她甚至顺从、温柔。我丈夫以完全置身事外的方式评论道，如果已经失去了爱，Z还有什么立场阻挠你们呢？我解释道，Z从来没有阻挠我们。我丈夫难免疑惑，那么……我打断他，任由频闪不熄的往事倾囊而出。我说，这件事情很难说明白，Z死了，死于飞机事故。当时Z正从卡塔尔某处飞过，谁知这条航线下方已成战区，而我和M的关系也就此结束了。

不是Z的存在，而是她消失的方式，使我们永远无法更走近一步。很多年里，我一直为此费解。明明我们已经做出了选择，你本打算在Z回国后就向她坦白，但她的死讯令你如此消沉，好像一切都被她的死腐蚀了。突然涨溢的爱，或者愧疚，我私心推测着Z残存于你身上的影响，摸索我们无疾而终的原因。有一天我终于向你发问，却得到一个与猜想迥然不同的答案——你说，通过死亡的方式，Z把你和某种不可挽回的东西捆绑在一起。在这个世界里，你不再拥有发言权，渠道关闭了。即便在今天，我也未能完全理解你的意思，可你拒绝再做诠释。

那时没有人注意到你情绪上的问题，在这场倒叙之中，我常常后悔，要是我早些抓住抑郁的前兆——那些幽暗的鳞爪、错杂的念头，你是否会有更好的结局。要是人类能被赋予一种轻易使用“要是”的能力，使消散的一切得到逆转，我们是否会过得更好一些。

我们尚未从电视节目的余韵中回过神来。我丈夫问，M现在还在那家精神病医院里吗？我说不知道，已经过了太久。我丈夫叹了口气，开玩笑似的说，当数学家太危险了，以后不能让孩子太沉迷科学，和科学保持一定距离就是对待科学最好的态度。

“数学家”——一顶多么怪异的帽冠，我丈夫把它罩在你头上。当我从回忆里求证这种身份时，突然想到许多年前你说的那个叫《创世》的游戏。我原以为它会引起一阵轰动，但不知为什么，没有任何与它相关的反响，它好像从来不存在一样。我抱着疑虑在网上检索，一个小时、两个小时，终于我找到了相关的信息：这个游戏上市后不久，就被禁了，原因不明。

我想起那次去你公司，你正在做游戏测试，同时操作三十个账号。当时，你的手指在键盘上飞速活动，几个同事围在旁边，沉默地注视着屏幕。有时候很难相信，我们究竟从生活中错过了什么。

艾伦·麦席森·图灵（1912年6月23日—1954年6月7日）

一个叛徒远比一个异教徒更可恶。因为背叛意味着对此前所受恩惠的否定，而不同道者还可能受到认知障碍的庇护。

在那个年代，计算黎曼函数的非平凡零点，似乎是一个风靡于数学家之间的智力游戏。1903年，丹麦数学家格拉姆首次公布了对黎曼函数前15个非平凡零点的计算结果。这15个非平凡零点都躺在黎曼预测的X=1/2的直线（临界线）上。到1925年，人们推算出的非平凡零点的数量扩大到前138个。1936年，英国数学家蒂奇马什运用海军部队计算天体运动与潮汐的打孔计算机，将这个数据扩大到前1041。

数学家们的初心在于，通过分析研究非平凡零点，来推测素数的分布，破解黎曼猜想的奥秘。这个过程持续多年，悬而未决。

艾伦·麦席森·图灵是二战以后首先拾起非平凡零点计算的，但他是个不折不扣的叛徒！他转入一种颓废的立场，并由此更深入牛角尖：黎曼猜想一直得不到证明，或许并非因为它太神秘，而是因为它根本就是错的！

20世纪50年代，图灵完成了一台计算非平凡零点的机器。抱着邪恶的意图，他一步一步前进，得到了前1104个零点的位置。令他大失所望的是，神迹并未破除，所有零点都在黎曼的预测之中。

图灵无法计算出更多零点，因为自此以后，他的机器突然坏了。

几乎与此同时，他的个人生活也历经了巨大的滑坡。1952年，他因被指控同性恋而受到强制药物治疗及缓刑处罚。两年后，图灵被发现死于其住所，原因为氰化物中毒。

这就是叛教者图灵的后果。

你开始频繁梦见未来，是我们谈论俄罗斯套娃以后的事情。

天暗下来。光线像一批批待处决的囚犯，被从夜晚之中甩干。便是在那样的时刻，你读取各种神经瓷片，从一场梦迁跃至另一场。不止一次，你撞见不同年龄阶段的自己。有的走在熟悉的路上，手里拎着从超市买的秋葵与白萝卜。有的从江边往对岸眺望，烟花自电视塔侧边炸裂，四周无数人与你共同见证这个关于新年的隐喻。还有一个又一个女人——在你漫长的一生之中，如短暂擦过的火柴，直到你的妻子出现在梦中。第一次梦见她时，你甚至难掩失望，她看上去那么普通，皱眉时显得很凶。

你早就辞了工作。白天，你运用自己编程的计算机系统研究黎曼函数。你住在老宅里，深居简出，几乎和所有朋友断了联系。久而久之，外界与你的距离悄然膨胀，以至于门外的世界带给你的只是无尽恐惧而已。

你的母亲与你同住，代替你承担维持生活应尽的义务。你们的房子很小，你搬回来后，她只能睡在客厅的沙发里。有一天晚上，你恰好出来倒水，看见她背对你躺着，入了眠。一对毛线针摆在茶几上，往下连着的一段褐色的长方形织品。你把它展开，从一种整齐的、可被信任的状态推入凌乱。你不明白自己为什么这样做，那时除了基本生理需求，你所有的精力都投注在黎曼函数之中——并且，当时你还不知道，你很快就会走到这条数学隧道的尽头。为了节省电费，房间里总是只开最暗的灯。衬着昏黄的光线，那块织品显得异常怪诞。它的宽度大约在毛线针的三分之二处，与一般围巾无所差别，长度却有些匪夷所思，粗略估量有三米多长。那究竟是什么东西？难道只是一种消磨生活的凭证？一种寻求自我出路的古怪方式？你根本猜不到母亲心里真正的想法。困惑，或者说一种微弱的震惊将你从数学的密闭空间之中唤醒，生活的感受终于稍许复苏。

你走到沙发边，端详那个干瘦的女人。如今，她的脾气已经好了许多，也许衰老终究会使一个人发生质变。只在一瞬间，你恍然大悟。这个蛮横对待你父亲的女人，实际上自身也承受着诸多艰难，你在脑中为她的命运谱了一条忧伤的螺旋曲线。

接着，你试图回忆父亲的模样。奇怪的是，你完全不记得他的影像；取而代之，一段段数学代码浮了上来，而你从中竟认知出父亲残留的痕迹。它们何其亲切，以符号自身及组合方式叙述你的父亲，这种显示的方式出乎意料地精确。在浏览代码的过程中，你感到父亲在向你走来。时空朝着他的方向扭曲，以便他跨越一切象限，走向你。

你不禁战栗起来，为突然发现的两件事情。第一，所有相关数据都是质数，黎曼函数可推导质数的分布规律。第二，经过长期对黎曼函数的研究，你已具有将一个人的命运数据化的能力——或者换一种说法，人的命运本来就由数据组成，而现在你能辨认它们了。不只人的命运，存在的一切都只是数字迷宫的一部分，这个世界是被创造的。

意识到这些以后，你仍然在梦中见到自己的未来，更清晰、准确。

你们会有一个孩子，女儿，七岁时获得市里少儿小提琴大赛冠军。你的妻子将出轨，在你女儿十岁那一年。当时她还小，多年以后，她才明白那些线索指向的含义，但她从未开口与你讨论过这件事。你没有梦见她长大后的模样，这或许说明，你和她当中有一个人会早逝。但真正的答案是什么，你并不知道。

你也时常想起父亲的人生，尽管它与你的交集仅短短一段。那些年里，你是他唯一的听众。他总是滔滔不绝，而你凝神细听，眼见迷宫中的弥诺陶洛斯向他施法，却浑然不觉。如今你才懂得替他遗憾，要是放在现在，知识分子得到更多尊重，也许他就会有其他朋友。

你给我的笔记本，我读了很多次。

那些数学家发疯、死亡，或神秘地消失了，黎曼函数的解析悬而未决。当时我还不明白你为什么要收集这些不幸，就像不明白与你相关的其他许多事情一样。

伯恩哈德·黎曼（1826年9月20日—1866年7月20日）

1866年7月20日，伯恩哈德·黎曼躺在一棵橄榄树下。这个牧师家排行第二的孩子，这个在贫穷中度过一生的人，现在抵达了最后的港湾。这里是意大利的塞拉斯卡，小镇的湖景曾治愈过许多前来疗养的人，但对于一个感染肺结核并且即将死去的人，安慰无疑是有限的。

按节令来说，橄榄树晚春开花，初秋结果。夏天，是它最沉寂无言的时节。穿过层层叠叠的树叶，黎曼看见一块块天空的碎片。云悬浮在高空，形状因风微微变动。他感到面部有灼烧的刺痛，便认出了日光。他知道，在躺椅下方、在树的四周、在视线边界及边界之外，存在着光与万物的影子。他早就认识到一切。

他没有丝毫痛苦，似乎对去处了然于心。他的妻子端来面包与葡萄酒，他已无力吞咽，但喝了一些酒。他请妻子代他向孩子们致意，仿佛他要踏上一段不可推脱的旅程，这使他感到抱歉。妻子为他诵文祷告，他想起小时候，类似的祷文从父亲口中吐出。他曾跟随父亲去送别即将死去的人，见证他们终生罪过得到赦免。他们那样虔敬地朝上望着，就像此刻的他一样，等待天使的降临。

他的身体逐渐冷下来。

他从这个世界消失了。

我们最后一次见面——“最后”，像一柄利刃对我们共同经历过的人生进行了切割。为了找到你，我花了小半年，从一处询问至另一处。当我终于站在你门前，推开不久后将被警察推动的同一扇门时，蓦地感到不知所措。你从椅子上站起来，须发已经长了许多，而它们从某种程度上竟成了一种计时单位。

两台电脑摆在桌上，高速运转，使空气微微发烫。房间里到处都是纸张，打印的，或手写的。你走出来时，不小心踢到其中一沓，这碰撞令你惊醒。母亲不在家里，你翻箱倒柜才找到客用的杯子。清洗完，你将冷水灌进杯中，一两粒细小的气泡从底部浮上来。我接过来，看见玻璃杯外层剥落的图案，还有底部浅黑色的陈垢。假如不去观察，有些事情的存在永远无人知晓；但观察本身也具有一种迷惑性，因为它是无止境的，循环本身构成了幻觉。

当然，这些都不重要。

我们平淡地交谈几句，缓慢地将问题抛掷给对方，如一对老迈的运动员。当我们无话可说时，你拿起柜子上唯一一本书——《契诃夫选集》，跳着朗读了起来，选段都出自《三姐妹》。

“伊里娜：今天早晨，我醒了起来，一洗好了脸，就忽然觉得把世上的事情都看清楚了，我觉得自己懂得了应该怎样去生活了……”

越过冗词赘句，你在伊里娜呓语般的台词前停下。我们都不说话，楼下过路的自行车铃声游进来，还有模糊不清的人语、金属声、器物被手刻意压低却仍然露出的声响，以及风弄出的各种动静。

在我半出神之际，你突然问我，为什么来这里。

我拿出那本已被翻阅得破损不堪的本子，放在两杯水中间。你看了它一眼，面部纹丝不动，仿佛没认出这原来是你的东西。我们的目光无意间相撞，那一刻，对于你接下来要说的话，我突然产生一种预感。

你就是这样告诉我黎曼函数的秘密的，以及那些数学家，包括你父亲去了哪里。我们的命运是一组庞杂的质数串，那些数字包含着从头到尾的一切，一个人就是一组密码。在我们所处的维度，人们永远无法破译质数排列的顺序，就像平面人无法明白三维人的秩序，而那些质数组合——归根结底，与时间有关。现在，事情显得更清楚了。我们生活在一个被他者构建的世界，“神”无疑存在，可能有许多个，且只是他们的社会结构中最普通的角色。我们去猜测、怀疑，企图接近真理性的事物，只不过因为他们让我们这样做。那些刹那间百转千回的念头，那些不可测之物，也都是在他们控制下发生的。

关于自由意志，你解释说，这不是一个问题，只要我们用一种流动的眼光重新看待它。

接着，你谈到柏拉图的洞穴之喻。返回洞穴去阐释真相，是一个错误的抉择。并非因为那个走出洞穴的先知者会遭到讥讽、杀害，实际上，他从根本上就错了：他不该把痛苦与恐惧分担给他人。假如他当真怀有善意，他会免去其他人的职责，让他们平静地活在投影出的虚假世界里，永远。对人类而言，真知从来没有什么好处，提前洞悉的真知无异于妖魔。所以，那些科学家都选择了保守秘密，柔和，也不乏软弱。由于对数据系统已有了解，他们用代表自己的质数串进行了加密，使后人更难破解黎曼函数之谜——这就是平白无故消失的原因。

你问我，是否应该将世界的假象向世人公开，尽管那会一下子破坏所有人的生活。

我试着宽慰你，抑郁症是会幻想的，要好起来，你得把这些都抛开。到外面去，到公园的河岸边，看一会儿野鸭浮在落满柳絮的水上。看看人，打拳、健身，那些真实的生活。

你笑起来，好像不明白我在说什么，却表示一种含混的认同。

这场叙述进行到此，作为终结的方式，我去了你所在的那家精神病医院。我坐了长途车，重湖叠巘从窗外划过。快到春天了，风中常有一种醋栗炸裂的幻觉。这趟班车里人不多，下高速以后，司机摇开窗，悄悄抽起烟来。

适逢中午，医院接待处只有一人值班。我报了你的名字，她在台式机里搜索半天。当她弄清你入院的年份后，告诉我，电子档是从七年前开始建的，再早的只有纸质版。我多次请求她再找一找，她不应，脸色如墙白。直到她同事午休回来，她才把这件事转托出去。那个比她更年轻的人往档案室走去，她双手撑着下颌，闭上眼。

在漫长的等待之际，我回想着，多年前我们讨论俄罗斯套娃时的情景。你说过，既然我们会犯同样的错，那也会反复破碎。总有一天，最后一个俄罗斯套娃也被砸碎。我回答说，不会的——像是一种承诺，不会到那一天的，因为我们活不了那么久。

一个多小时后，那个年轻人从档案室回来。他向我复核了一遍你的名字，得到我的确认后，他说，那就没有错，我们这里没收过这个病人。我说这不可能，新闻里都放过他被送来的录像。他不置可否地说，这么多年过去了，也许哪里弄错了。你可以去那边问问，有几个也是老病人，或许听说过这个人。

我顺着他所指，走入精神病医院的后花园。花园里散步的人不少，并非所有人都穿着制服。对于没穿对应制服的人，我根本分不清他们的身份，所有人都看上去十分普通——这一点很恐怖，肉眼可见的自由度，意味着某种更隐秘、更强有力的秩序。花开得很好，和围栏外无所差别，色彩恣肆。

我一连问了好几个人，终于在一个瘦弱的中年女人那得到回应。她轻轻感叹一声，念你的名字像念一句失落的咒符。她问，是那个想杀他妈妈的人吗？我点头。她不自觉兴奋起来，仿佛她也等候许久，等一个可探讨这件事的人从迷雾中出现。她说，那人病得不轻。我问他为什么要杀他妈妈，他说我不明白，如果他能狠心杀了他妈妈，就能狠心解释真相。我问她，那他现在在哪里呢？她张开手，模仿一个向空中抛撒的动作，说，那个人进来的第二周就失踪了，我再也没见过他。

一个护士模样的人推着车跑过来，一把拉住正在讲话的女人，将一盒药片塞进她手里。当她吞咽时，护士斜眼说，别听她瞎说，她是我们这里著名的老孔雀。

我忍不住追问，怎么确定他是消失的呢？也许是转送到其他地方了？

她一边喝水，一边急躁地抬起眼睛。她说，不可能的。他的房间总是开着灯，几乎是透明的，哪怕他突然消失后也是如此——日日夜夜，灯光一直亮着。

Dec.

# 疯鱼

我知道它们早晚会卷土重来。

它们和过去不同了，更圆润，更具有神采，全身散发着不规则的橙色光芒，像摆在神坛上的新鲜橘子。它们肆无忌惮地游动，而我则小心翼翼地观察它们。某一时刻，它们侧过身体，乌黑的眼珠一齐转向我，但我还是和从前一样，我弄不明白它们究竟想表达什么。我站在黑暗的世界中心，恐惧忽然变得无比尖锐，就像有把剪刀正在沿着我头颅的中线剪开两侧的皮肤。

我后退了几步，终于看清楚，它们被关在一个巨大的滚筒洗衣机里，机器中灌满了水，我只要按下开关，它们的世界就会剧烈旋转、晃动，乃至破灭。

在事情发生的多年以后，那群金鱼游进了我的梦里。

那时候我已经不爱养鱼了，鱼缸闲置在阳台角落，里面塞了几株破损的塑料水草。我夜里常去阳台上抽烟，不小心踢到那个玻璃鱼缸。大多数时候，我都无动于衷，人总会和他不愉快的记忆和解，时间终究会促成这件事，可也有两三次，我想起它们，想起我对它们爱得不可开交的那段日子，体内那个尘封已久的小女孩蓦地发出尖叫声。

我对鱼类动物的爱达到巅峰，是在我十一岁那一年。当时有两样东西我视为珍宝，其中之一是一副扑克牌，牌面上画满各种鱼，七彩神仙鱼、紫白龙睛、黄金达摩，到处都是令我魂牵梦萦的图像。另一样宝物，你们猜也能知道，就是那一缸金鱼。

拥有这两件珍宝，我觉得自己就像一个腰缠万贯的富翁，走路都更加抬头挺胸。那一阵子，班级里的同学们热衷集水浒英雄卡，他们着魔似的买小浣熊干脆面，迫不及待地拆开包装，在里面找赠送的水浒卡。下课时，男生们凑到一起，互相攀比自己新收集到的卡片，有时还会玩几局拍卡游戏。我受够了他们吵吵嚷嚷的模样，他们是如此幼稚，沉迷于那些没有意义的破纸片，跟我的金鱼相比根本微不足道。这样想着，我愈发得意起来，仿佛我和金鱼之间产生的某种关联，让我在同龄人之中高人一等。

我十一岁的某个周六下起了雪，我的记忆之所以如此清晰，是因为南方的冬天通常冷得很温和，雪天屈指可数，一旦下过雪，那个日子便很难忘。

那天早上，我妈妈乒乒乓乓地穿梭在我们不足三十平米的小房间里，我睁开眼睛，看见我妈妈那张满是不耐烦的脸。她左手拿着擦地板的布，右手伸进被子，拧住我的肩膀，试图把我从被窝里拎出来。她一面说，“快起来，等会儿你舅舅看到你这副样子,脸都丢光了,你一天到晚只会坍台。"

我勉强半坐起来,对着前方吹了口气,白雾弥漫开。

我套上准备好的毛衣,一边打量重新布置过的房间:电视机屏幕前盖着一块崭新的天蓝色印花布;乱糟糟的杂志从茶几上消失了,取而代之的是,透明的长颈花瓶立在茶几上,几朵热烈的康乃馨在清晨迷幻的光线里摇曳。

我想起了我的鱼,我每天都要去看它们好多次,早晨的探望更是必不可少。我的鱼缸被我妈妈放在厨房里,起初,我对她这个做法深恶痛绝,一来厨房油烟味浓重,我怕那些鱼被呛死;二来厨房和我的小房间隔了一道薄薄的墙,我更希望鱼能放在我转头就能看见的地方。但是你们知道我妈妈的,她是那样的人,总有能力把所有的反对意见一笔勾销。我只好想方设法克服油烟的问题,我找了一本过期的《读者》杂志,盖在鱼缸环形的口上,可又有人告诉我,这样做会隔绝氧气,濒临窒息的金鱼拼命抽搐着鳃,惊恐中,它们的眼球上布满血丝,触电般颤抖的身体溅起无数水花。

不过,就像年少时其他耿耿于怀的问题一样,这个问题最后也不了了之。鱼缸照旧摆在厨房里,金鱼们佯装不知情,懒洋洋地漂浮在各种油腻的气味之中。

我去厨房看金鱼时,我妈妈已经开始烧菜了。我从她身后挤了过去,鱼缸恰好落入我的视野,四条鱼正在迟缓地移动。三条是金鲫鱼,市场里常见的那种,剩下那条则有更浪漫的名字：红灯泡。顾名思义，红灯泡的眼睛下方连着两个红色的空心球体，当它游动时，红色的球被水揉压出各种形状，当我全神贯注地盯着它看时，它移步时的变幻莫测彻底将我的心俘获。

鱼缸紧邻水龙头，离煤气灶大概一米远。那个时刻，我和我妈妈挤在一个窄小的空间里。我看金鱼，我妈妈焦头烂额地烧着菜，我的存在令她烦躁不堪。

我妈妈忽然对我说了什么，但油爆的声音太吵，我没有听清。

我问她，"什么？"

我妈妈把脸凑过来，几乎是在叫喊，"不要盯着萍萍看，我说，你等会不要盯着你妹妹看。"

我点了点头，我妈妈没看见，她正在给一锅糖醋排条勾芡，稍加疏忽就会煳掉，因此她很快把注意力集中回锅里。百无聊赖之际，我偷了一根泡在水池中的草头，假装那是水草，偷偷丢进了我的鱼缸。

我妈妈确实有些操之过急，她早该预料到舅舅惯性一般的迟到。实际上，舅舅一家抵达时，菜都已经凉了，三黄鸡在瓷盘中央躺得奄奄一息，浮在牛肉汤表面的那层油也凝结了起来。

我妈妈亲热地抱起我妹妹，一边替她捻掉头发上的碎冰屑，“萍萍，我家萍萍又长高了。”她转头又问舅舅，“怎么这么晚呀，开车来的吗？”

舅舅摇头说，“没，你们这里车又开不进来。”

我妈妈似乎并不在意舅舅的回答，她的热情如同一束光源，不计特定方向地朝四周散发。她把妹妹放在最高的椅子上，又招呼舅舅舅妈坐下。我妈妈叫我把菜拿去热一下，她瞪了我一眼，仿佛我本应该自觉地做这些事，而不需要她的提醒。

我顺从地把菜逐一端到厨房，我喜欢做这样的事，菜在微波炉里嘶嘶作响时，我可以看一会儿我的金鱼。我十一岁那年，走火入魔般陷进了一场迷梦，我特别想做一条金鱼，野生的那种，杜若色的溪流成天在我周围呻吟，它无比温柔地捋过我全身的鱼鳞，像在抚平一张被折叠过的纸，我在水草交织的柔软世界中游荡，既无雄心，也无目标。

微波炉跳转的声音撕破了我的美梦，我不得不回归现实。我用洗碗布把烫手的盘子重新端回房间，摆在一桌人面前。他们正在讨论我爸爸，舅舅问爸爸怎么不在，把我妈妈那副刻薄的表情又勾到了脸上。我妈妈说，“他现在这工作，没双休日的，下岗工人又不能挑挑拣拣。”

舅舅问及爸爸的新工作，我妈妈更生气了，像个一触即发的河豚。她迅速抄起紫色花纹长柄瓷勺，给妹妹舀了一碗汤。我妈妈说，“先吃饭，这种不开心的事晚点再说。”

像故意转移话题似的，我妈妈又讲起了很早以前的事。我妈妈不止一次讲过那些事情，像是她的人生已经在某个定点戛然而止了，剩余的只不过是对往日时光的反复回忆，就像多愁善感的风不断吹动军营门口的那面旌旗。

在我妈妈和舅舅还足够年轻的时候，他们住在一个叫大夫坊的地方。据我妈妈说，当时他们两个都很出名，舅舅出名是因为打扑克从不输钱，而我妈妈是因为长得俏丽，连弄堂口的傻子都想着和她结婚。

我妈妈口中的过去是一座风谲云诡的地下宫殿。80年代初，我妈妈和舅舅在宫殿中捉迷藏，乌云缠绕在参天的罗马柱上，天空永远暗沉得像刚出土的文物一般。我妈妈说，那个时代很怪诞，明明工作与生活都没什么特别大的压力，但总感觉四周很压抑，她像是陷入一台旋转的洗衣机中央，拧开水龙头，喷出的却是黏稠的黑色墨汁。

那时，他们都还是截然不同的人。

中专毕业以后，舅舅接替外婆在食品厂上班，日常工作是包糖果。我的舅舅在厂里待了没几天就变作逃兵，“逃兵”是我外婆的说法，我舅舅自己几乎不对这些事情发表意见，他只是沉默而稳固地，从那间闷热又嘈杂的厂房里蒸发，工人们把他当成一个昙花一现的谜。

辞别糖果后，我的舅舅跌入了扑克牌的旋涡。

有段时间，每当谈起舅舅，外婆总是一脸痛心疾首的模样。她逢人便说，“我们家阿鑫学坏了，班不去上天天打牌，你说怎么办嘛？”我的外婆如此尖锐，像一棵受尽伤害的仙人掌。她有一种偏执的信念，非要亲手把舅舅的事情摆在台面上，好像承认羞耻就能够抵消一部分羞耻的阴影似的。

舅舅行踪诡秘，唯一能翻箱倒柜把舅舅从扑克堆里揪出来的，只有我妈妈。我妈妈找到了我舅舅，也发现了我舅舅的特殊技能：不管打什么牌，舅舅都能一张不差地从头记到尾，最后赢下牌局。

有一次，我舅舅理完牌，正打算跟我妈妈回家吃晚饭，一个爱管闲事的邻居忽然提议说，“阿鑫，你这样会算牌，脑子这样好，有没有想过做点小生意？”

那个黄昏，舅舅和我妈妈走在路上，舅舅甩着他那双藏青色的人字拖，外滩摆渡船的汽笛咬破了他的耳朵，天边的云呈现出当时还未流行的渐变色。我的舅舅感到不知所措，仿佛有一瓶神秘的化学试剂在他体内打翻了，新的枝叶从一片腐蚀中生长出来，那是一个与过去有天渊之别的新时代，是一种难以预料的新命运。于是我的舅舅停在路边，缓缓地抽起一根烟。

我妈妈敏锐地嗅到黄昏背后有一股烧焦的气味，她低下头，怔怔地看逐渐浓郁的夜把她和舅舅的影子吃掉。我妈妈什么话都没说，那些年她尤其温顺，像把未来的温柔提前透支完了一样。

后来，我的舅舅走了。

没有人知道具体细节，舅舅守口如瓶，连我妈妈也毫不知情。在舅舅不辞而别之后，我妈妈逐一拜访了舅舅的那些朋友，企图问出点蛛丝马迹，但所有人都交了白卷，他们不知道舅舅究竟去了哪里，也没什么兴趣去弄明白这件事。他们告诉我妈妈，“我们只是牌搭子，又不是朋友，阿鑫这个人谁也看不透。”甚至有人说，“他不会回来了，我早就有预感，他迟早会离开这条破弄堂。”

我是在好多年后才明白我妈妈的心情的，她那时一定很矛盾，尽管她也想搜集到信息，可是得知所有人都被舅舅蒙在鼓里时，她反而感到很轻松。相比之下，我妈妈更不能忍受的情况是，舅舅宁愿把行踪透露给其他人也不告诉她，她不能忍受自己不是知道最多的那个人，毕竟她曾经把舅舅当作最亲近的朋友。

我舅舅在三年后的冬至日回到那间老房子里。

当时，我妈妈端着一个瓷盆，正坐在弄堂口烧锡箔。火焰在红色与黄色之间变幻，脚边还剩一袋尚未来得及熔掉的锡箔，装锡箔的纸袋上写着“孙陈氏祖母大人收”，娟秀的隶书字体，在火光中明灭不定。

我妈妈以为自己看走了眼，她嘴唇微张，轻薄的黑色灰尘擦着她的脸颊往上飞。舅舅忽然叫了一声我妈妈的名字，毫无别扭，好像他只是刚在牌友家赢完一副打了很久的扑克。四下恢复静谧无声，天黑前邻居烧的煤饼气味久久不散，无形的厉鬼带着前世恩怨走在凄冷的街上。如果你们是我妈妈，在那个场景里，你们也会不寒而栗。

说起来很有趣，我妈妈真正意识到舅舅的离开，是在舅舅回来的那个冬至夜。舅舅胖了许多，脱下过时的栽绒皮帽，我妈妈在舅舅的额头捕捉到谢顶的征兆。我妈妈看着眼前这个陌生的男人，她终于明白，她失去的哥哥再也不会回来了。

弄堂是藏不住事的，人们听说舅舅在外地做生意发了财，一下子拥到我外婆家，对我舅舅嘘寒问暖，格外殷勤。面对邻居们七嘴八舌的询问，我的舅舅谈笑风生，他告诉他们，他在浙江一个小镇上开了个服装加工厂，已经有好几条流水线了，过两年他还准备做出口贸易，把衣服卖给外国人。邻居们听得瞠目结舌时，我舅舅从行李里拿出几块腊肉，说是当地的特产，硬是分给了看热闹的人群。

弄堂里的风向迅速地转了，邻居们都说，舅舅变了，变成了一个好人。

大概是有钱的缘故，舅舅对我妈妈也更好了。那年春节前，舅舅给我妈妈买了件皮衣，抵得上她三个月的工资。我妈妈总感觉哪里不对劲，回来后的舅舅确实变得更开朗，对大家也更随和，然而，舅舅对她的好和从前不同了，那种谦让似乎更具有义务性。过去，我妈妈总是在邻居面前维护舅舅，找各种理由来弥补他对一切置若罔闻的冷漠态度；可在那时候，别人对我妈妈谈起舅舅时，她却变作一副很老练的口气回应道，“我哥哥你们又不是不知道，他说的话，只能信一半。”

我十一岁那一年，许多事情都很微妙，比如我妈妈已经不再美丽，彻底转化为一个庸俗的中年妇女，而我舅舅生意做得风生水起，又在江苏南通开了第二家厂。我妈妈有时候非常神经质，但我妈妈不傻，所以对于她和舅舅的过去，她总是挑一些好的事情复述，偶尔还会无中生有，虚构一些舅舅如何对她好的回忆。至于那些真实而残酷的部分，都是我在很久以后，根据我妈妈留下的琐碎信息，自己修补出来的。

在那天的餐桌上，我六岁的妹妹萍萍不耐烦地扭动身体，像在表达对我妈妈陈词滥调的不满。由于我妈妈事先提醒过我，不要盯着萍萍看，我只好专注地低下头，缓慢地吞咽着并不美味的食物。

你们大概以为我的妹妹长得如花似玉，以至于我都要忍不住去看她，事实上，和你们猜的大相径庭，我的妹妹具有先天性的兔唇，她做过唇裂修复手术，效果并不好，舅舅打算等她稍大一些再送她去继续矫正。那一年，我的妹妹到了六岁，已经开始长牙齿，唇形仍然是三角形的，三个顶点的中心是一个硕大的黑洞，每当她说话时，白色的畸角就会从黑暗中悄悄探出来。

我安分守己，萍萍却不肯放过我。她推开碗勺，伸手揪住我的头发，肆无忌惮地扯起来。舅舅严厉地制止了她，他神情太凝重，我妈妈不得不出来打圆场。

我妈妈问，“萍萍，饭饭吃饱了吗？”

萍萍屈服在舅舅凌厉的目光之下，委屈令她的五官朝脸中心挤去，丑陋的面孔显得更加狰狞，她似乎随时都会哭出来。

我妈妈继续说，“萍萍乖，晚上给你吃炸鲜奶，姑姑都买好了。”

萍萍无动于衷，我妈妈推了我一下说，“萍萍先跟姐姐去玩一会儿。”

我带着萍萍离开那张临时搭起的大餐桌，因为厨房太小，这张餐桌只能搭在我爸妈的卧室里。萍萍想牵我的手，虽然我们身陷冬季，她的手心还是出了汗，黏稠的触感让我联想到怪异的软体动物，我下意识地甩开她，如同触动了她那个爆破的开关，我的妹妹萍萍忽然哭了起来。我吓得手足无措，只好捂住她的嘴，让她的哭声消失在那道豁口里。

慌乱之际，我做出了一个愚蠢的决定：带妹妹去看我的金鱼。

我拉着妹妹来到窄小的厨房，六岁的妹妹在身高与视力上都受到局限，我只能把鱼缸从柜子上搬下来，放在一个比妹妹略低一个头的黑色木椅上。我蹲在她旁边，我们目不转睛地望着鱼缸里散漫的金鱼，先前被我放进去的草头被咬得破破烂烂。

我的妹妹很快就厌倦了，她说，“有什么稀奇，我们家里也有鱼。”

自从舅舅开了第二家厂后，平时总在江浙一带奔波，很少回家。我的舅妈虽然嘴上不说什么，但她嫌贫爱富的想法荡涤在她脸上，久而久之，我妈妈不再带我去舅舅家做客。听说舅舅家里也有鱼，我心生羡慕，却也有些不服气，于是我信口开河，我说，“你们家的鱼，根本不能和这些比。”

妹妹想了想，说，“是没你的大，不过颜色漂亮多啦。”

多年以后，我反观自己崎岖不平的人生，终于归纳出来，我在那些关键时刻做出的行为都很反常，几乎是鬼迷心窍的。我从来不喜欢说谎，也不知道出于什么原因，那天我竟然对着我的妹妹瞎编起来。我说，“你不知道，这几条鱼都有通灵的能力，而且听得懂人说话。每年除夕的午夜，饲养者可以对着它们许愿，然后给它们撒一把鱼食，在新年里那个愿望就会实现，我亲身体验过的，当然，必须很虔诚才行，否则是没用的。”

我的妹妹被我唬得目瞪口呆，她问我，“那你许了什么愿望？”

我用食指抵住她的嘴唇，我感到豁裂的嘴唇里喷出湿润的热气，如同一个小型蒸笼。我说，“说出来就不灵验了。”

我又趁势指着最心爱的红灯泡，我告诉她，“你看这条鱼，它叫红灯泡，你知道为什么吗？到了夜里，一定要天很黑的深夜，你把所有灯都关掉，没错，一盏都不要留，这时候你才会发现它有多神奇。你会看见，它在发光，它肚子里好像有个小灯泡一样，让它发出那种红色的灯光。红灯泡在黑夜里游来游去，你根本想象不出它有多美。”

讲到后来，我已经意识模糊，我不清楚自己在说些什么，也不在乎妹妹听进去多少。出乎我意料的是，我六岁的妹妹把一切听得非常明白，她眼睛里闪耀出绿色的狂热，她反复叨念“我要金鱼”，像在念一句具有无穷毁灭力量的咒语，先是轻声重复，渐渐地，声音越来越锋利，直至刺破了我的耳膜。

我在嗡嗡作响的世界里站起身来，我木讷地端着鱼缸，不顾妹妹阻挠放回原来的柜子上。我的妹妹又一次大哭起来，她一定通过哭泣达到过许多目的，以至于她误以为眼泪是一件铿锵有力的武器。妹妹一边哭，一边往我妈妈所在的卧室跑去。

我察觉到一件不可挽回的事正在发生。

我宛如骤然停电时的家用电器，有那么一段时间，我体内有一根关键的神经被抽离了，我完全不知道自己该做什么。我往四周张望，金鱼在鱼缸里扭动身体，美丽而又不谙世事；漆木桌上，刚从冰箱里拿出不久的炸鲜奶正在融化，水渍漫延到微波炉口，我赶紧拿起那块浅蓝色的抹布擦了起来。

我听到我妈妈遥远的声音，我妈妈说，“萍萍喜欢就给萍萍呀。”

我再也无法忍受，丢下手里湿冷的布，跑进了卧室。在我进门的那一刹那，时间似乎卡断了两帧，我和围在桌子边的四个人面面相觑。妹妹很快恢复了哭泣，我妈妈搂过她瘦骨嶙峋的身体，轻轻拍打。舅舅皱着眉，像是在责怪妹妹不懂事。舅妈原本永远一副事不关己的神色，这时也开了口，舅妈说，“家里不是有鱼吗，还要这些乱七八糟的东西干吗？”

如果你们往回追溯，想一想自己的童年时期，你们就能感受到，我妹妹之所以哭得上气不接下气，并不是因为这些鱼真的多么独特，仅仅是因为此时此刻，这些鱼是她唯一想要的东西，光是遭到拒绝、得不到鱼这回事，就深深刺痛了她的心。

雪是在下午三点时落下来的。

关于金鱼的事，接下来便也没人提了，大人们总是话锋一转，蓦地就把话题牵引到更有意义的事情上去。我妈妈想让舅舅给我爸爸介绍工作，她精心布局，既苦苦哀求，又试图在我们落魄的生活之上捡回一点尊严。当然这些也是我很久以后才意识到的，长大是一个身不由己的解谜过程，无论我是否愿意，答案都会扑面而来。而在当时，我只是徘徊在大人们身边，我像一个敏锐的探头，监控着他们谈话的一字一句，唯恐他们忽然谈论到我那一缸金鱼的命运。坐立不安之际，我朝窗外张望，雪就是在那时候飘落的。

起初，我还以为自己产生了幻觉。我不敢打开窗户验证，怕灌进来的冷气会激怒我妈妈，只能拼命擦干净凝结在玻璃上的那层水汽，以便看清楚窗外的景象。那真的是雪，我刚才还被恐惧的阴影笼罩着，见到雪时，忍不住笑了起来。

我把妹妹拉到窗前，我说，“我带你出去看雪好不好？”

妹妹似乎一眼看穿了我想讨好她的意图，她不屑地说，“不要雪，我要金鱼。”

我的妹妹那时只有六岁，可难以置信，她对周遭事物的把握已比我清晰很多，也许有些人天生就知道自己想要什么，而且他们总能得到自己想要的。

面对我的妹妹，我惊慌失措，仿佛我做了什么错事一样。怯懦控制了我的身体，我所想的只是快点逃离这个地方。我迅速回到自己的小房间，打算套上冬季校服出门走一圈。然而，我惊讶地发现，我妈妈不知道从哪里弄来一张中队长标志，用别针别在我冬季校服的左臂上，校服也不像从前那样随意地扣在椅背上，而是被挂在了门后面，进出的客人抬头就能看见。

趁他们不注意，我溜了出去，几乎是奔跳着下了一阶阶水泥楼梯。一到楼下，雪劈头盖脸地迎来，那是雪下得最鼎盛的时候。我戴上冬季校服连着的帽子，闯进无边无际的大雪天，凛冽的寒意涌入衣服的缝隙，我的四肢渐渐失去了知觉。

你们一定觉得可笑，不瞒你们说，在短短五分钟内，我产生了退缩的念头。

我忽然发现,除了怔怔地在如饥似渴的雪天中站一会儿,我并没有其他好的去处。我本来想去路尽头的小卖部逛一圈,但我不能去那里。由于常常去买烟的缘故,我爸爸和小卖部的老板很熟,我怕他看到我这副怪异的模样——失魂落魄,那张中队长标志还在手臂上晃动,我怕他把这一切告诉我爸爸。我爸爸有很多烦心的事,我不希望他再为我难过。

我在离家一百多米的地方回了头,一种屈辱萦绕着我,妹妹想抢走我的金鱼,我妈妈对我一向刻薄,而我在逆来顺受中承担的一切,无非是令她们更加飞扬跋扈。

你们可以想象一下那幅场景,雪越积越深,整个世界白得通透发亮,白得几乎要令人失明。刚过十一岁的女孩蜷缩着身体,冰碴在她身上飞溅,越来越多的雪星凝聚在她的灰色棉校服上。十一岁的女孩对许多事不甚了解,她还没有明白,或者说并不甘心接受,归根结底,她所受到的待遇是因为她在人生中所处的劣势地位,而这些都不是她能选择,甚至她努力也无法改变。不公平彻底击溃了她,她一边哭一边走过细长的街。

我停在了楼梯口,不想就这样上楼。我把帽子的抽绳抽到极限,双手紧紧塞进两边的口袋,风令雪变得倾斜,不断地飘进楼里。我忽然觉得自己像暴风雪中等待救援的落难者,我正躲在一个山洞里,望着苍凉的天空,祈祷救援飞机的出现，可是天空永远光洁得刺目，独留我一个人在等待中声嘶力竭。

不知过了多久，雪下得小了，零散的邻居们纷纷下楼出门。他们同我打招呼，不过是平常的寒暄，我却莫名觉得很尴尬。我想往没人的地方跑，可是处处人头攒动，人们时刻准备着指责或嘲讽我，根本没有安全的地方。我憎恨所有人，除了我爸爸。

我原本想等我爸爸一起上楼的，他迟迟没有回来。我爸爸原来在一家国营刃具公司做车床工人，不祥的征兆从单位拖欠工资开始，没过三个月，我爸爸的名字就出现在下岗名单里。我爸爸托了很多人，总算有人给他介绍了一份联华超市理货员的工作。我爸爸这人有些迷糊，上周他第一天上班，就花钱买了五个彩色的塑料盘。我爸爸很高兴地告诉我妈妈，“一块钱一个，很漂亮的，再过两个月过年了正好可以摆摆东西。”我妈妈当即气得发抖，我好不容易把她想表达的意思从一堆脏话里归纳出来，大致骂我爸爸没用，钱从来挣不到，又买了这种没用的东西。我妈妈把那五个盘子都敲碎了，如果你们是我，天天看到我妈妈歇斯底里的样子，你们就会知道我为什么心怀厌恶，同时又那样顺从，只是静候有朝一日我有了力量，去毁灭这个世界。那天我还知道了一件很厉害的事情，原来塑料也可以碎成那样，我从前以为只有玻璃才会。

我回到家，正好和我妈妈撞了个满怀，我妈妈凶恶地问我，“你死到哪里去了？”

我说，“楼下。”

我妈妈对我很不满已经有一段时间了，大概因为我对有些事情表现出过度的沉着与冷漠，我妈妈还威胁过我，说要带我去医院看精神科。我妈妈似乎也很讨厌我那天私自出门的事，她瞪着我说，“神经病，你舅舅在，我不和你多说，晚上有的你苦了。”

我妈妈转身进了卧室，那一刹那，我瞥见我妈妈脸上失望的表情，那并非愤怒，而是一种非常熟悉的、过去常出现在我爸爸脸上的表情。

我匆匆进了房间，我妹妹正穿着鞋在我床上走来走去，见到我时，她叫了一声我的名字，她一向直呼我的名字。没有人管妹妹，大人们在隔壁房间，讨论更为严肃的话题。我听见我妈妈对舅舅说，“你就留心一下嘛，什么工作都可以的。”

舅舅说，“我有数了。”

我妈妈说，“上次你也说有数了，还没消息啊？你朋友多，随便找找就能找到的，我只能靠你了。”

他们有一阵子没说话，电视里在放武侠片，劣质刀剑交碰的声音占据了整个窄小的房间。

我的妹妹可能是感到乏味了，她从我床上跳了下来，径直朝隔壁房间走去。我小心翼翼地跟着她，她穿了一双时髦的运动鞋,走路时鞋底位置的灯会闪烁。我六岁的时候从来没有过这样的鞋子,到了十一岁,我已经不想要了。走到门前时,我替妹妹拧了门把手。

我短暂的人生中犯过无数错误,但在我的考量里,我十一岁那个下雪的周六犯过的错,数量之多,性质之严重,是永远不能得到原谅的。日后我反复回想,发现那些错误环环相扣,哪怕有一个环节止住了,也许那个糟糕的结果就不会发生,比如,我本应该阻止我妹妹进门。

妹妹蹦蹦跳跳走进去,我妈妈看到救场的道具,眼神中重新出现光芒。我妈妈谄媚地朝妹妹挤眉弄眼,说,"萍萍等着,姑姑给你去做炸鲜奶,好不好?"

妹妹面孔中央的豁口里喷出短浅的句子,妹妹说,"好。"

我妈妈说,"吃完饭,把金鱼带回去,好不好?"

妹妹说,"好。"

我妈妈对舅舅说,"萍萍喜欢就给她吧,我去把鱼和水倒进马甲袋里,拿回去很方便的。"

舅舅点点头,妹妹满意地笑了起来,被宠爱的小孩子的情绪总是这样变化多端,大家把这当作理所应当的事。

我掀起可笑的冬季校服,穿过木料崩裂的门,我在总共不超过三十平方米的屋子里走了很多路,终于来到了厨房。

金鱼总是若无其事的样子,我有时候怀疑,它们什么都知道。实际上,我真的想好一个愿望,打算在除夕之夜对着我的金鱼们许愿,万一实现了呢? 何况它们是我最好的朋友。

我把水倒掉一半,接着猛烈地晃动鱼缸。金鱼们不知所措,迅速地游动起来。我想把我妈妈叫来,对她说,快看,鱼疯了,快看啊。我张开嘴,声音却被某种气流吞没了,鱼腥气垂直扑上来,我的舌尖微微泛苦。

我想用这种方式留住我的金鱼,假如金鱼疯了,我妈妈就不会让他们把金鱼带走。然而,在我疯狂晃动鱼缸的时候,我突然发现,我早就预料到这缸金鱼是无法留住的了,在我带我妹妹看金鱼的那一刻,甚至早在我把这缸金鱼当作珍贵宝物的那一刻。

我看见我妈妈走过来,身上挂着红白格子花纹的围裙。我妈妈拆开桌子上放了许久的炸鲜奶,从里面挑了六块,放进我们常用的瓷碗里。她犹豫了一下,又往里面放了四块。我妈妈对我说,“走开,别堵在这里。”

我移到旁边,打量着我妈妈。我妈妈弯下腰,敏捷地从柜子里抓出一瓶油。我想起逢年过节,我妈妈带我去超市抢特价油的场景,她凶狠又志在必得,很难相信她从前也曾美丽过。

我妈妈把油倒进烧热的锅里,见我还在一边,就说,“看着点,我一会儿回来。”

我还没来得及做出任何反应,我妈妈就扯下围裙,往外走去。我们住的房子卫生间是公用的，在出门右手二十米的地方，我猜我妈妈大概是去了那里。

我再次捧起鱼缸，这缸金鱼是我夏天生日时，我爸爸给我买的。在此之前，我只有一副画满鱼的扑克牌，我把五十四种鱼记得滚瓜烂熟，常常在梦中变成其中的一条。我妈妈唠叨了好久，最后总算也是接受了它们。

我每天都会来看它们好几次，有时如同灵魂出窍一般，我站在鱼缸前，想象自己和它们一起游泳，当然不是在鱼缸里，是在更大的浅蓝色水域里，我们交头接耳，我们嬉笑怒骂，完全不在意人间的琐事。也是因为它们的存在，有段时间我找到了凌驾于同龄人之上的优越感，我活得不快乐，尤其需要那些抽象的尊严。

锅里的油开始吱吱作响，同时泛起气泡，不多时，锅里的油开始往外爆。我小时候被油烫到过，那种切肤之痛从回忆里涌出来，我吓得连连后退。

我妈妈还没回来，我妈妈究竟去了哪里，我惊慌起来。

就在那样的时刻，一朵奇妙的蘑菇云在我大脑中炸裂开。我也不知道这个念头是怎样出现的，它那样斩钉截铁，不容我有任何反驳。

我轻轻笑着靠近油锅，油滴如散弹枪发射在我的衣服、手上，奇怪的是我感觉不到疼痛，我看着越烧越旺的油锅，金光闪闪，令人艳羡。

我用最快的速度把鱼缸倾倒，四条金鱼和鱼缸中仅剩的一点水跌入油锅中，油渍溅满了背后的白墙。我怕金鱼跳出来，便迅速抓过锅盖，遮住它们唯一的出口，并用手紧紧按住。我能感到金鱼在油锅里横冲直撞，如果不是我按得那么重，也许它们会冲破锅盖，带着一身油腻跳到地上。

我妈妈到最后都没有出现，我不知道她去了哪里，没有人知道。

窗外雪停了，鸟雀沉默不语，只剩下明晃晃的夜。

Jan.

# 悲伤岛屿

她在各个年龄段都有过这样的错觉：衰老开始折磨她，好日子气数将尽，往后的人生都是下坡路。

她从未意识到自己过于悲观，也可能意识到了，但不愿意改变，毕竟她很仰仗悲观带来的好处，提前说服自己接受坏结果，无疑是设置了一道缓冲，即便日后真的有坏事发生，也不至于显得猝不及防。

可平心而论，他们去悲伤岛屿的那一年，她与衰老还毫不沾边。

那时他们结婚不到四年，在时间与金钱上都很拮据，也不常出远门。在冬季刚露出冰凉獠牙的时节，她路过旅行社，看见悲伤岛屿的行程在打折。她忘记自己怎样说服陈潇，拿出两人小半年的工资，在旅行社匆匆报了名。等她回过神来，他们已经坐在前往悲伤岛屿的飞机上了，飞机往平流层急速上升，此时此刻，耳鸣成了全舱人共享的东西。

她坐在靠当中的位子，左边是个穿条纹衫的小男孩，浑身散发着儿童独有的气息，那是一种不识趣的聒噪。男孩试着解开安全带，所幸及时被他母亲制止了，母亲怒气冲冲地接过卡扣，重新把男孩牢牢拴在座位上。母亲说，“以后再也不带你出来了。”

男孩哭了起来，一瞬间，哭声如铅水灌进她的耳朵。她最厌烦的就是儿童的哭泣，并不是因为哭声本身恼人，她所不能忍受的，是孩子们对待哭泣的态度，仿佛无知能让他们的娇纵变得理直气壮。她那绯红色的外套盖在腿上，她想拿起它，蒙住双耳，可她最终并没有那样做。她转过脸看陈潇，他坐靠窗的位置，正盯着玻璃外变幻莫测的云层，对周围发生的一切置若罔闻。

她想，太糟糕了。

初中的某节地理课上，她第一次听说悲伤岛屿。老师画了一座火山，又小心翼翼地在火山外缘描了一个圈，那就是悲伤岛屿的大致地貌。

老师问，“你们知道再外一圈是什么吗？”

教室里吵吵嚷嚷，学生们那点窄小的自由，在地理课上彻底释放开来。一部分人交头接耳，话题无外乎游戏与八卦，或是一些无关紧要的秘密；另一部分人低下头，做主课的作业，这样回家就有更多空闲时间。老师等了一分钟，没有人回答，也没有人期待知晓答案。

老师说，“是海。”

这堂课如明灭不定的烛火，不时浮现在她日后的生活中。她总是弄不明白，在课堂中，究竟是什么东西打动了她。也许是老师面对叛逆期学生的无助，也许是老师偏要说出答案的一意孤行，也许只是因为海，在老师开口的那一刻，她抬起头，瞥见他眼神中湿润的蓝色。时过境迁之后，当时的记忆碎片愈加难以还原，细小的疑惑最终变成一个无解的谜。

她一直记得课本对悲伤岛屿的描述，那是邻国最大的一个火山岛，岛上的居民有自己的生活链，他们常年深居简出，通过种植橘子消磨掉了好些时间。早些年，岛上的男人们被国家征兵，去和北面一个大国打仗。人们早就知道那场战争毫无胜算，可是他们无法逃脱国家的征召。战争历时三年，正如提前猜到的那样，那些男人大部分都没有回来，女人们日夜望穿秋水，最后还是向命运投降。为了谋生，一些女人当了海女，她们长期潜游在海中，寻找龙虾、鲍鱼、贝类生物，拿去换钱以便继续生活下去。

她把脸贴在书页上，温和的油印味洒了她满脸。她想象着海女手握撬棒，缓缓潜入大海深处。鱼群像某个星球爆炸后银亮的碎片，在孤独女人们的周围张合。有些海女能看懂鱼的表情，她们会专挑快乐的鱼抓捕，因为那些悲伤的鱼肉质比较松散，买家一般都不喜欢。出于这个原因，那些快乐的鱼最后都在餐盘中找到了归宿，久而久之，海洋里只剩下悲伤的生物，它们和悲伤的海女面面相觑，碧蓝的海水簇拥着一切……那时候她觉得，人一生中势必要去一次悲伤岛屿才算圆满，这一度是她的梦想。在那个年纪，女孩子对待梦想多少有些感情用事，幸运的是，后来她成了为数不多的实现梦想的人。

然而，悲伤岛屿的旅行与她过去预想的截然不同。

那一阵子，她感到心里有一个巨大的黑洞，以至于她对任何东西的需求都很迫切，旅行也好，爱也好。她不记得陈潇从什么时候开始夜不归宿，他身上也逐渐冒出其他女人的种种痕迹，她恨自己过于敏锐，对那个女人的小花招无法视而不见。许多夜晚，她独自躺着，浓墨重彩的夜色积压在她枕边。她强迫自己不看钟表，以忽略陈潇回家的钟点，而在他未归的那段时间里，她固执地保持着清醒，一边在心中计算，他对她的爱还剩多少？多数时候，这种计算都以她的眼泪告终。

即便如此，他们并未正式讨论过这件事。

他们之间有太多事情没有说清楚，那种感觉，就像喉咙口卡了一排鱼刺。她等待着互相摊牌的那一日，却又害怕那天的到来，尽管他们早就对这个秘密心照不宣，可要是说出了口，就意味着他们不得不从行动上做出选择。

他们起飞时还是下午，算上飞行时间与时差，出舱时迎接他们的已是夜晚。

导游是个相当年轻的女孩，在领托运行李的传送带边等他们，她低头玩手机，反复调整表情，尽可能掩饰自己的不耐烦。一番简短的自我介绍后，导游带他们上大巴士。他们穿过露天停车场，时值一月末，悲伤岛屿昼夜温差很大，夜里比他们原本生活的城市还要冷上10 ℃左右，人们瑟瑟发抖，冷气不断窜进外套的缝隙，空气中似乎悬挂着无数块隐形的干冰。

巴士开了，她还兀自停留在寒冷的余韵里。她想问陈潇，冷不冷，是否需要从行李箱里再拿件衣服，但犹豫了三分钟后，她确信还是保持缄默更好。

入夜后的悲伤岛屿异常黯淡，岛上没有霓虹招牌，甚至连路灯都很稀疏。他们住的房间正对着公路，不过晚上经过的车很少，而且总是悄无声息。宾馆附近有一个海滩，据说走道另一侧的房间可以看见海景。

他们坐在各自的床上——订行程时，她特意嘱咐旅行社的工作人员，订一间双人标准间。她有些紧张，她原本以为忍辱负重更适合自己，可是鬼使神差的，他们之间的第一场战役由她打响了。她注意到陈潇进门时的惊讶，这让她的虚荣心微微得到满足。

陈潇并没有多说什么，他转身整理行李时，她替他放洗澡水。她知道他有洁癖，与其说洁癖，不如说他很难破除和陌生环境之间的隔阂，因此在放水前，她用沐浴露将浴缸彻底清洗了三次，仿佛浴缸已焕然一新，他不会被迫通过浴缸与其他人产生任何交集，这样他可以稍微少一些疑心。水从喷头里不断涌出，她忽然意识到，事到如今，她还在努力扮演一个好妻子的角色。她不愿意承认，在她内心深处，还指望着他会回头，只要他愿意与那个女人分开，她可以随时割舍尊严，既往不咎，给他一个春暖花开的怀抱。

她看了一眼手机，显示刚过十一点。想着第二天要早起，她起来关掉了顶灯。他们不知躺了多久，她发现他也还没睡着，某个瞬间，她的勇气值又一次莫名其妙达到波峰。她开口问他，“她是个怎么样的人？”

他知道她在说谁，故意装作不知情，这也是他所擅长的。

她像是乘胜追击似的，接着问他，“她比那些女人好在哪里？”

好些年前，当他们还在谈恋爱的时候，陈潇就爱过别的女人。她很快识破了他的谎言，她打电话和她的女性朋友们哭诉一圈，她们和她一同骂他，当然是在背地里那种骂，她们说得如此义正词严，连她自己都深信不疑，和他分手是她唯一的出路。然而，等到陈潇来向她求和时，她又立刻改变了主意。他的赌咒发誓如此诚恳，一个平日里沉默寡言的人来挽回她时的模样实在太迷人，她没有办法抗拒。

她是到了后来才知道，那不过是一个开头。陈潇就是这样的人，他身上从不存在忠贞这项品质，他的情感不断延伸出分支路线，好在其他女人都非常短暂，她一直处在主干道的位置。

陈潇和她解释过两次，他母亲在他出生后不久离家出走，他的整个童年都不曾有过女性元素，畸形的经历才形成了他现在的性格。他向她坦白，他确实很容易被女人吸引，但没有任何一个女人可以替代她。她知道这不可理喻，她还是说服自己去体谅他，人对于自己所缺失之物的执着是非常可怕的，一旦他们有了能力，就会想方设法去弥补过去人生中的漏洞，那时多半已经太迟了，他们和漏洞之间隔着不可逾越的时差，所以他们能做的，只是放纵自己，滥用或者毁灭缺失过的那种东西。同时，她也告诫自己，不要去提他的母亲，也不要不假思索地说出任何会刺激到他的话。在将近四年的婚姻中，她一直谨慎而又毫不吝啬地深爱着他。

可是这次不一样，尽管以前陈潇也有过一些多余的恋情，但他一直很在意她的感受，从来不会像如今这般不加掩饰，更不用说夜不归宿。她隐隐觉得，他们的爱已岌岌可危，一个终将替代她的女人出现了。

四下静默中，她等待着他的回答，她等了那么久，当陈潇开口时，她都快忘记问题了。陈潇说，“她离不开我。”

她像突然没电的闹钟般停顿了两秒，接着，各种不同的情绪如彩色绸带般织成一张网，劈头盖脸把她裹在其中。虽然她深知公平无法作为感情的衡量标准，可是这真的不公平。剧烈的抱怨在她体内翻来覆去，但话一到嘴边就灰飞烟灭，她什么都说不出来。

她总觉得，接下去的话应该由他来说，毕竟如今她是被动的。

陈潇并没有如她所愿，他迅速把焦点从那个女人身上移开了。他说，“有一件事一直想告诉你。”

她顺从地问，“什么事情？”

当下的房间里，黑夜是一位飞扬跋扈的国王，而她是饱受折磨的仆役。在黑色浓雾的阻挠下，困扰深深撼动着她，她看不清陈潇的表情，对他的心意也毫无头绪，她像是落进一个绝望的陷阱之中。

迷糊之际，她听见陈潇说话，不是对她说，更像是对他自己说。他的声音轻盈飘忽，仿佛来自另一个时空，某个逆流而上、已彻底知晓他们结局的时空。

陈潇说，“算了。”

他再一次按下妥协的按钮，轻微的叹息把一种不稳定的东西吹到了空气中。

她醒来时是半夜，天色像一扇厚重得拧不开的阀门。

可能因为年纪逐渐增大，或者心事令她不安，她的睡眠质量大不如前，常常会不合时宜地醒来，所以当昏沉褪尽，她发现自己再也睡不着的时候，她并不感到意外。

她从白色的被子里探出腿，在床沿摸索酒店提供的塑料拖鞋，然后熟练地走进卫生间，做那件她最近频繁在做的事——拔白头发。镜子的位置有些高，她要踮起脚，才能让整张脸落在镜子中。尽管姿势有些不舒服，她还是努力张开手指，井然有序地挑起一撮撮头发，察看其中是否出了叛徒。

大约三个月前，她梦见自己坐在陌生的路口，旁边有一个商店里常见的女性塑料模特。出于某种神秘的原因，她拆卸了塑料模特的身体，结果在模特的手臂中找到许多牙齿。当她准备站起来离开时，她忽然发现，她嘴里空荡荡的，牙龈之间弥漫着某种苦涩的黏液，原来那些都是她自己掉落的牙齿。她把这个梦记在一本绿色封面的小册子里，打算慢慢体会梦的含义。她隐约感觉到的是，一股抽象的沙尘暴正在向她袭来，其中隐藏着某种她担忧已久的东西。

没过多久，她就染上了拔白头发的习惯，并渐渐上瘾。她盯着自己在镜子中的脸，像一个过于成熟的油桃，光滑而充满神秘感。学生时代，因为清楚知道自己长相平庸，她并没有像其他女孩一样，犯毒瘾似的痴迷于照镜子。这导致在美化自己的外表这件事上，她非常迟钝，等她学会如何变美后，已经错过了自己最美的年纪。反而是稍稍年长之后，五官微微发生颓唐的变化，对衰老的恐惧迫使她把注意力集中在脸上，就她自己而言，那张原本毫无特色的脸竟忽然富有魅力起来。

她的白发并不多，翻了许久，只找到五六根。她狠心扯下白发，头皮上萦绕的刺痛让她怀有一股报复性的快感。

做完这一切后，她拿起外套，匆匆穿过酒店狭长的走廊。午夜兀自灯火辉煌的厅堂，熟睡的男人，关于爱的谜题，全部被她抛在身后，她就这样义无反顾地闯入黑夜。

她沿着酒店门口的公路走，和她平时生活的城市不同，悲伤岛屿灯光很稀少，这里的夜由此显得异常沉静。冬季使公路边的树迈入暮年，透过枯枝，她看见公路下方的建筑，多是一些民居，古朴的房屋在路灯的笼罩下轻轻喘息着。

她停在一家便利店门口，黑漆漆的路上，便利店招牌上跳跃的光吸引了她。尽管不想买任何东西，在自动门打开时，她还是不假思索地走了进去。

她漫无目的地穿行在货架间，悲伤岛屿上的人们使用着一种与世隔绝的语言，所以她根本看不懂货架前的标签，只能凭经验推测那些货物到底是什么。由于实在挑不出想要的，她只好走到收银台前，用英语要了一杯咖啡。

收银员一时没有听懂，她不得不再次向他强调，要一杯咖啡。

这时她才看清收银员的模样——一个白净消瘦的年轻男孩，年纪在二十岁左右，时间还没来得及把他身上的腼腆洗掉。他望着她，多少有些惊慌失措，好像语言不通是他的过错似的。她只好拿起盛咖啡的纸杯，朝收银员示意，这下他才恍然大悟。

咖啡机原本是自助的，但因为看不懂机器上的操作文字，只能由收银员来帮她操作。他艰难地从柜台里钻出来，帮她倒了咖啡，又细心地数了两遍找零，最后把硬币一枚一枚放进她手里。他低下头时，她闻到他领子里冒出的柑橘沐浴露的香气。

她捧着咖啡去了海边，海滩上杳无人烟，衬着半透明的藏青色天空，她像是无意间落入了一颗崭新的星球。她想着那个躺在房间里的男人，假如他忽然醒来，发现她已消失在瘆人的白床单里，他会做什么呢？然而，她想得更多的，是便利店里那个年轻男孩。她自己都不曾弄明白前因后果，他却已在她脑子里驻扎下来。那个男孩身上有一种让她感动的东西，也许是他认真而无能为力的样子，也许是他们之间的沟通障碍，也许是冰凉湿润的夜使便利店充满奇妙魔力。

风从海面上吹来，像一把装满薄荷液体的水枪在朝她喷射。

就在这时，迟来的孤独终于俘获了她。

一个歇斯底里的念头一闪而过，她想回到那家便利店，把货柜上所有的东西都买一遍。光是想象那样的场面，她就想哭。

可是到最后，就如这些年里搁浅的其他念头一样，她并没有真的去做。她在海滩上站了很久，海浪从世界尽头游过来，扑簌簌落在她脚踝边，她的脚趾在塑料拖鞋里战栗。她想，如果现在有人叫她的名字，她一定会回头，她会奋不顾身地跟他走，无论他是谁。

她蓦地意识到，原来今天是中国的大年夜，她本该带陈潇去见那些刻薄的亲戚，吃团圆饭，看电视节目，就像汤圆广告里放的那样。实际情况却是，她独自在异国海边，冷得发颤，她觉得世间一切都那么遥远，甚至连陈潇也从某种意义上远去了。

再度和陈潇谈起婚姻问题，是在第二天前往马戏城的路上。

冬日清晨，路面上的冰还没融化，大巴士就在公路上懒散地跑了起来。导游正在讲解悲伤岛屿的历史，比当年地理课本里讲的丰富得多，她却没什么兴趣仔细听。她和陈潇坐在最后一排，昨日的夜行令她困倦不已，但她仍强打精神追问那个女人的事，她没有办法不这样做。

他们和人群一起流进马戏城，这天人不多，总共只有三四个旅行团，整个内场空荡荡的。这个马戏城相当老式，室内暖气不足，座椅上的红色布料因使用过久而发黑，落魄的气息到处弥漫，她像是误入了流浪马戏团临时的家。

入座后，一个穿蓝色雪纺衫的女人开始表演钢圈。背景音乐很熟悉，是那种耳熟能详又一下子回忆不起来在哪里听过的旋律。在舞台的后方，站着一个候场的小丑，从身高上判断应该是个男性，彩色的爆炸头发套罩在他满是油彩的头部。舞台顶部挂了一排彩灯，被灯光打亮的空气中，可以看见浮游的灰尘。

她扫视完周围的一切，终究按捺不住焦躁的心情。她知道自己煞风景，知道这样咄咄逼人无非只能加剧陈潇对她的厌恶，她还是凑近他，轻声问道，“那么你想离婚吗？”

他没有听见，或者装作没有听见的样子。彩光在观众脸上流淌，她看着他的脸一层层变色，刹那间，她觉得他变成了一个不同的人，比她第一次见他时还要陌生。

她想哭，并不是因为这突如其来的发现令她悲痛，而是她认为在这样的情境下，哭对她来说是一个合理的举动，也是排遣绝望的最佳渠道。她即是如此，在感情与理性共存的极端状态中，接受了生活的一次大洗牌。

她告诉自己，这些不算什么，无论怎样都不用担心，人生很长，一定还会有更糟糕的事发生的。

等她重新把注意力集中在马戏上的时候，那个蓝衣服的女人已经下场了，舞台成了小丑的领地。小丑被四匹棕色的马包围在中间，马鞭在他手里显得很不配衬，他用力一挥鞭，鞭子上松香油的气味淹向观众席，受到惊吓的马儿跑得愈加激烈，整个舞台就像一个飞速旋转的陀螺。小丑的脸在马儿肉体的缝隙中渐渐模糊起来，她感到舞台正紧绷着，而观众所喜爱的，也许正是这种崩溃边缘的刺激感。

绕了几圈之后，马群往后台跑去，取而代之的是蓝衣女人的再次出场。她换了件演出服，同样是蓝色，胸前多出的亮片增添了廉价的隆重感。屋顶中央垂下一根绸带，女人娴熟地伸手抓住，不多久，如同观众所期待的，绸带卷着她柔韧的躯体缓缓上升，女人如午夜花苞般舒展开四肢，在高空中做出各种惊险的姿势。女人身上的亮片发出耀眼的光，人们仰起脸，看蓝衣女人孤独地摇摆着。

没有人注意到绸带的松动，没有人预料到，这将是蓝衣女人最后一次表演。

人们心里都明白，人生是可能戛然而止的，其实你无法选择自己的尾声，但是他们又那样脆弱，不能接受这样突然的终止发生在眼前。

一道凛冽的光霹雳而过，接着便是蓝衣女人落在地板上的声音，全场惊呼起来，马戏城里从前上演过无数演出，哪怕是马戏最辉煌的年代，也不曾有过这样大声的尖叫。导游急着把游客驱赶出事故现场，她浑浑噩噩地站起来，陈潇拉起她的手，他们被颤抖的人群簇拥着往外走。她记得自己看见的最后一幕是，蓝衣女人已被白布盖住，小丑独自靠在一边，他的彩色头套摘了下来，露出一头灰白的短发。因为妆容，他脸上狰狞的笑容怎么也挥之不去……

他们去那家便利店买烟，进门时，一种荒诞不经的忐忑在她体内暗暗散发，仿佛她与这家店曾有过不可告人的交易似的。收银员换过班，一个梳马尾辫的女孩替代了昨夜的男孩，女孩长相甜美，过于丰富的表情宛如一碗糖浆泼在她身上，她颇感烦腻。

她怔怔盯着咖啡机，在心中设想那个男孩此时可能做的事。脱下收银员制服之后，他回归到错综复杂的日常生活之中，她对他来说，也许只是一个沟通不能的外来游客，他转眼就把她忘记了。

他们买了巧克力味的烟，一边拆塑料包装纸，一边朝海边走去。

濒临黄昏，天色很花哨，像有人在高空中一个神秘的地方打翻了一杯彩色鸡尾酒。那个钟点，海女已经纷纷走了，海面上的磷光在跳最终舞曲，海风的节奏难以捉摸，时疾时缓。他们沿海岸不断行走，彼此都产生一种错觉：他们正在抛弃某种东西，他们把焦头烂额的旧日子抛在了脑后。

从表面上来看，死亡所引起的骚动停止得很迅速，就像刚在索然无味的人生中坐了一次过山车，恐惧好像在到达平地的同时消散了。但实际上不是那样的，过山车下坡时的惊悚感永远留在了他们心里，如同一条蜿蜒曲折的深色暗河。

陈潇忽然搂过她说，“这不是我们的错。”

她点头，为了缓解话题的沉重，她顺口问他昨天夜里想说的是什么事情。

他说没什么，脱离那个场合之后，他就不怎么愿意再提那些事了，不过出于对她的示好，他最后还是说起那段晦涩的往事。早在他们婚后的第三周，他就想对她开诚布公，然而可能因为他独自承受了太久，将这件事告诉第二个人的念头让他紧张不安，因此一直拖延至今。

意识到母亲已经离开时，大概是在他刚上幼儿园的年纪。整个家像一盘下了一半的黑白棋，进退两难，全然不知该怎么维系下去。他记得没过多久，父亲去了一个很远的地方工作，他被送到奶奶家寄养。后来每当想起童年，他脑海里首先浮现的总是一面布满灰色裂纹的墙，暗沉幽僻的老阁楼里，时光在密不透风的竹帘里沸腾。

在他的印象中，他的母系亲戚少得可怜，只有一位比他母亲年长十余岁的舅舅。舅舅有时来看他，不论季节变换，他总是穿着一件黑色的皮夹克，全身满溢一股木料的味道。他喜欢见到舅舅，因为那是唯一一个可以同他谈论母亲的人，不像他的爷爷奶奶，他们绝口不提与他母亲相关的任何事，仿佛失去母亲才是孩子们最健康的成长方式。唯有和舅舅交谈时，他能隐约获得一些母亲存在过的痕迹。他从来都是不服气的，人怎么可能平白无故地消失？他问过舅舅许多次，母亲究竟去了哪里，舅舅不置可否地看着他，沉默的天性使舅舅的逃避话题显得很自然。

终于有一天，舅舅答应他，等他长到十八岁，就把他母亲失踪的来龙去脉告诉他。这让他安心，他如同从舅舅手里接过一个神秘的宝箱，只要顺势活下去，在未来的某一天，他就能从舅舅手中得到开箱的钥匙。

他对未来的剧情走向满怀信心，根本不曾预料到，原来那些你以为注定会发生的事，最终还是会发生偏差，甚至全线崩溃。那是他念预备班的那一年，距离约定的十八岁还差好些年，在某次晚饭的餐桌上，奶奶告诉他，他那个舅舅死了。

他问她，怎么死的？

奶奶说，上吊的。

奶奶总是一副对任何事都毫不在意的模样，她在艰难险阻中漂泊了近一生，所有遭遇都在她意料之中，她已经丧失了惊讶的能力。他不能理解的是，奶奶和舅舅关系并不亲密，即使正面相遇，彼此也不会打招呼，但舅舅的死讯却是奶奶告诉他的。

抵达舅舅家时，尸体早已被搬离，房间里充满浓郁的生活气息，茶叶罐盖子没盖紧，床头翻过的书里折着角，窗外晾衣竿上还挂着一件白色背心，好像舅舅只是暂时离开房间，去菜场买菜，或者步行到附近的大舞台听一场戏，他随时都会回来。他在舅舅的躺椅上靠了一会儿，一边开始怀疑这一连串的事情，会不会只是一个恶作剧。也许舅舅并没有死去，而是也去了某个新的地方，他将和母亲一样音讯全无。那么，他们是否还有可能重新回到他的生活中呢？

他的这一点侥幸心理，在看到舅舅的骨灰时轰然崩塌了，舅舅终身未娶，替他捧骨灰的是一个陌生男人。葬礼上寥寥数人，可每一个人都拿着沉重的铅锤，朝他虚构的最后一点希望狠命砸去。他们从殡仪馆最小的厅堂里走出来，他忽然回过神来，他发现其实舅舅是一个背叛者，他承诺过的答案永远不会兑现了，舅舅彻底把他的母亲从世界上抹去了，可是他不愿意接受这个结局。

从那天起，他每天放学后都会去舅舅的房子，花上好几个小时翻箱倒柜，看舅舅在临死前是否给他留下什么纸条、照片，或者其他什么线索，以便指引他寻找母亲的去向。这样的日子持续了整整两个月，他没放过任何一个角落，甚至割开了绛紫色的皮沙发，把里面的棉絮一一拉扯出来，细嗅其中是否潜藏了疑似母亲的气味。那段日子，他经常反应过激，虽然他的身体出现在课堂里，可在那些接连不断的白日梦里，他还在舅舅的房间里苦苦挖掘。如果不是奶奶及时发现，并阻止了他，他无疑会变本加厉，更加病态地去尝试各种寻找母亲的方式。

他从来没有跟任何人提过这段往事，他懒得就他当时的精神问题做任何解释，更重要的一点是，就算他对别人说了，也没有人会理解他那时的心情，他在孤独中泥足深陷，不可自拔。

后来——那是很久以后的事了，他冷峻的外表与性情牵绊了许多女人的感情，逐渐地，他找到了一种新的寻找母亲的方式：和不同的女人交往。他想，总会遇到某个可能和他母亲相似的女人，那也未尝不是一种弥补。

“但是以后不会这样了。”泛咸的海风轻拍他们的脸颊，像在净化蓝衣女人留给他们的阴影。亲眼见证那个女人的死亡，让陈潇做出了最终的选择，失去的东西是不可挽回的，死亡和爱都是一样的。

静默之后，他如释重负般地说，“今天大年夜，明天开始又是新的一年。”

她再一次点头，可那个时候，她已经想明白了一件事情。因为便利店收银员带来的情感冲击，也因为她刚见过一次死亡。死亡让她积蓄了某种可怕的力量，原本游移不定的她，突然风卷残云般理清楚了自己的生活。

过去的这段时间里，她总在盘算她和陈潇以后的日子，她试图量化自己的爱，然后展现给陈潇，作为挽留他的资本，但是她错了，她曾经以为爱是某种趋于永恒的东西，而她现在忽然明白，所谓爱，只是一些琐碎的瞬间罢了。

她无比清晰地意识到，此时此刻，她已经不爱他了。

那天夜里，她梦见粉色的海，是那种非常浅的粉色，近乎半透明。一群体态轻盈的女人在海下的珊瑚礁里嬉戏，分不清是海女还是美人鱼。她们相互追逐，一边渐渐下沉，往更深的海底游下去……

此后的许多年里，她一直在想，也许某一天她还会回到悲伤岛屿。她的学生时代对悲伤岛屿满怀好奇，这种渴望一窥究竟的憧憬与她日久生情，即便到了如今，悲伤岛屿仍是她的理想之地。

一次偶然的公司旅行，她再度来到这座迷幻的岛屿上，不过这是十七年后的事了。过去那座寒酸的马戏城早就拆了，一个大型游乐场拔地而起，沿着海边散步时，远远可以听见旋转木马转动时播放的音乐。人们对海女的兴趣降到了零点，因此，导游也不再对那些海水深处的女人做过多讲解。取而代之的是，游客们七嘴八舌向导游打探位于悲伤岛屿中央的那家免税店，据说冬季折扣时，这里可以买到全球最低价的奢侈品。

现在，她终于可以坦然面对那个蓝衣女人的死亡。重新回忆蓝衣女人从高空摔落的画面，她终于知道，当初导游把他们带出马戏城时，那种让她浑身不适的东西是什么——是人们内心深处的兴奋，对于死亡，对于他人身上的遭遇，惊诧的尖叫声之下，人们体内的恶魔蠢蠢欲动。

那次旅行之后，陈潇告别了那个曾经让他对婚姻动摇的女人，回到她身边，虽然不久后他故技重施，和新的女人牵扯出不可言说的关系。从悲伤岛屿回去之后，他们的婚姻又勉强维持了五年，最终还是以分别告终。他们没有生孩子，这一点几乎是达成共识的，他们不愿意创造一个生命，来继承他们对人生的担惊受怕。

她恍惚想起，自己一度如此迷恋过陈潇，现在回头看才发现，她其实是痴迷陈潇内心永远修缮不了的痛苦，就像她自己的内心一样。她发觉从前的自己很可怜，可是这种怜悯只能由她自己发出，假如出落在他人身上，她会觉得是一种侮辱。

时隔多年，她一下子弄明白了太多事，连她自己都有些措手不及。

她在熟悉的海滩上行走，突然听见远处有人在喊，涨潮了，回头吧——

她不知道那是谁在喊，只看见人们纷纷往回走，争先恐后地朝公路上拥去，似乎慢一步就会成为海浪的俘虏。她被人群的焦虑所感染，也转头向相反的方向飞奔而去。可鬼使神差地，她转过身之后，忽然忘记了自己回头的原因，忘记了潮水如利箭正对准她的背脊。

她只想着往前跑，和人山人海融为一体，和其他人变得一模一样。

Feb.

## 草履虫之汤

因为实在无事可做，马儿才去认真审视这个傍晚。

精疲力竭的日光从桌角退下去，夜如迷烟，不久便四下弥漫了开。西餐馆里寥寥数人，马儿坐在靠窗的位置，面前摆着过于丰盛的三层陶瓷盘。尽管如今她彻底自由了，可以随心所欲地吃那些好看的甜点，但整个下午，她只是无休止地喝咖啡，丝毫没动过餐具。马儿感到有趣，当她真正拥有某种权力时，她却失去了胃口。

服务员从马儿身边经过，步履匆忙，脸色同他胸前的领结一样歪斜。两桌外，一个不识趣的人叫住了服务员，他不得不停下来，弯低腰，尽量把耳朵贴近顾客。因为人少，每个人的话都能在空荡荡的餐厅里激起一阵回音，马儿清楚地听见那人问服务员，“背景音乐叫什么名字？”

那无非是一首旧爵士乐，由懒散而无助的小号声组成，马儿对此一点都不感兴趣。服务员侧身站着，从马儿这个角度看过去，茫然失措的表情占据了他的侧脸。那副面孔在马儿心中凝成一股溪流，溪水缓慢前行，水底的苔藓沁出一层墨绿色，像重症患者体内流出的毒液。溪水绵延不绝，马儿饱受难以言明的折磨，她不得不反复琢磨几分钟，才模糊地意识到，这大概是出于她对那位服务员的嫉妒。

马儿想起自己曾在高速公路收费站工作，那段时光太过乏味，以至于最终吞噬了她生活的边缘：除了收费与刷卡，她的印象中没有其他记忆。她站在亭子里，监管收费员的摄像头紧盯着她，她的任何举动都是例行公事，而她正在失去自己剩余的人生。每辆车和她的交流不过短短一分钟，此后便是她单方的告别，没有人记得她，甚至很少有人去看她的脸，她只是人们顺手绕过的一道简易障碍。那时候，她多么希望有什么人能飞扬跋扈地下车来，哪怕只是为了刁难她。

然而，服务员是不会理解马儿的，一切点单与结账之外的交流都令他厌烦，也许因为他还足够年轻，对自由能持有偏执的见解。同样是因为年轻，他不懂如何抵抗生活，也没有勇气拒绝顾客的要求。他匆匆跑进一扇门，大约十分钟后，他出来了，告诉那位顾客，"《去年夏天我们做的事》。"

"什么？"顾客好像已经忘记了这件事。

"那首歌，叫《去年夏天我们做的事》。"

顾客不置可否地笑了，服务员尴尬地站着，像在等顾客要求他做进一步的解释。就在那时，店门被推开，几对男女走了进来，他们吵吵嚷嚷，头发上还沾着新落下的雪，服务员这才离开那一桌，去招待新来的人。

五点过半，人们陆续开始下班，店里的人渐渐多起来。马儿把头靠在沙发椅上，周围的交谈声像一群小虫子钻进她的耳朵。有一瞬间，那些窃窃私语给她带来安全感，她沉浸其中，以为自己的生活如此丰腴，但是，很快她就明白过来，那都是别人的人生。

半个月前，周鹭约马儿在这里见面。马儿故意迟到了十分钟，她很少来高档的西餐馆，怕如果到得太早，一个人坐在店里，她会手足无措。所幸马儿抵达时，周鹭已经坐在位子上了，尽管距两人上次见面隔了一年多，马儿还是迅速认出了周鹭。

那天下午，马儿穿了自己最贵的毛呢外套，是她不久前在高速公路附近的一座小城市里买的，算起来可能是三线城市。每逢休假，大部分高速公路收费员都会去这座小城逛街，买一些他们认为用得上的东西。在马儿的印象里，这座小城里的人很爱吃无水蛋糕，到处是卖蛋糕的小摊贩。小城中央有一个商场，灯管拼成的"时代广场"四个大字悬在商场门口，到了夜里，天色黯淡下来，"时代广场"的字样便发出妖艳的红光，仿佛在为自己是这座小城里唯一的商场而得意，马儿这件衣服就是在那里买的。

她记得离开商场时，夜色把小城变作一片漆黑的海洋，回收费站的末班车已经走了，她只好沿路步行。几家还没打烊的无水蛋糕小摊散落在路边，橙色的灯光朝马儿流淌过来，如同海面上漂移不定的浮标。马儿觉得手里的衣服渐渐失去重量，夜轻轻地旋转起来，在一片迷糊中，马儿微微感到迷惑，这种迷惑没有精确的对象，如一团雾气向四面发散开来。后来，马儿回想起这天夜晚，她忽然明白，归根结底，那并不是一种迷惑，而是隐约预感到自己毫无起色的未来后，产生的一种稍纵即逝，却又无比牢固的绝望。

马儿精挑细选，最终买下那件新衣服，一部分原因就是要见周鹭。

然而，当马儿真的坐在周鹭面前时，她发现新衣服并不能起到什么作用。无论时光如何奔涌，周鹭还是像从前一样，亲切、温和，讲话时永远气定神闲，好像任何发生在她身上的事情都是顺理成章的。周鹭问她想吃些什么，她一下子说不上来，周鹭便点了一份双人下午茶套餐。

那一阵子恰是冬天最凛冽的时候，马儿入座后仍觉得冷。雪落下的第二天，寒潮令人们惊慌失措，这一带原本是最热闹的地方，但在那几天，路上的行人也寥寥无几。马儿漫无目的地打量着马路，重新回过神来时，她撞上了周鹭的目光。周鹭微微张开嘴，像是要叹气似的，马儿忽然意识到，一场女人间的对话就要开始了。毫无疑问，在两个女人之间，通常是身处劣势的女人才会对交谈这样敏感。

“外面很冷吧？”周鹭问她。

“二月份嘛，肯定冷的。”马儿想尽量回答得自然一些。

到了人生的某个阶段，旧友见面会变成一件很微妙的事。

那些客观的落差，随着时间的推移愈加明显，即使当事人佯装不介意，也无法否认彼此之间存在沟壑。再度见面时，周鹭已经嫁了人，她辞去银行的工作，靠社交与参加各种兴趣小组打发时间，而马儿依旧在高速公路收费亭里，生活毫无长进。

结婚前，周鹭打过一个电话给马儿，当时马儿正在收费亭里，被零钱弄得晕头转向，周鹭的声音好像从很遥远的地方飘过来。周鹭告诉马儿，她要结婚了，对象比她大十七岁，是个美国华侨。往日的情谊促使她多做了一些解释，她说，因为婚礼在美国举行，所以就不请马儿来了，但婚后他们打算回国定居，到时再和她见面细说。马儿依稀记得自己问了个什么问题，周鹭没有回答，只是轻声笑了起来，像一群早春的小鸟啾啾鸣叫。

在西餐馆里，马儿向周鹭问起她的丈夫。倒不是因为她多感兴趣，她只是怕周鹭抢先向她提问，那样的话，她就不得不向周鹭展示她的生活：长久以来，她被局限在那座窄小的收费亭里，车流涌过来时，她便开始机械而不知疲倦地打卡、撕发票。她尽可能活得浅薄一些，避免面对自己真实的处境，但总有一些时刻，就像在走夜路时蓦然看见一道凌厉的闪电，她清醒过来，发现自己被笼罩在阴霾之中。令她战栗不止的，并非眼下的无聊，而是她知道自己无从改变，接踵而来的日子，不过是对当前苦难的无限复制。

顺着马儿的问题，周鹭讲起那个年长的丈夫。在此之前，马儿看到过周鹭丈夫的照片，那个男人叫Kevin，他看上去并不像马儿想象的那样老，而是长着一张会被人山人海吞没的脸，非常寻常，很难给人留下什么印象。他频繁出现在周鹭的社交软件里，蜜月之旅也好，过于丰盛的平常生活也好，尽管周鹭从来没有夸耀的意思，可对于马儿来说，那样的幸福本身就带着一种隐晦的伤害，而她只能在他人幸福之外苟且偷生。

马儿勉强地迎合话题，当提到周鹭的丈夫时，她发现自己不好意思念“Kevin”这个词语，英语使她不知所措，她像是背不出课文的少女般脸红了。她问周鹭，“他中文名字叫什么？”

“大家都叫他Kevin的。”周鹭稍许愣了一下。

“那叫你什么？”

“Cecilia。”

周鹭笑着抿起嘴，一边从面前的瓷盘里挑出一小块焦糖布朗尼。她示意马儿也吃一些，马儿摇了摇头。周鹭永远不会明白，那些精致的甜点令马儿恐惧。它们躺在瓷盘里，一副花枝招展的撩人模样，可马儿却不敢轻举妄动，她不知道怎样吃才显得自然，她怕自己笨拙的举动暴露一贫如洗的生活。她心事重重地坐在甜点前，一心只想回到那个铺天盖地尽是无水蛋糕的世界。可或许是出于那一点点自尊心，她又急着卷土重来，马儿想，总有一天，她要一个人来这家店，重新点一份下午茶套餐，无拘无束地把所有甜点吃一遍。

话题最终还是落到马儿身上，起初是周鹭试探性地问她的工作。大学毕业以后，马儿一直在做高速公路收费员，尽管要被发配到城市边缘，总算也属于事业单位编制。辞职的想法曾多次出现在马儿脑海里，可在这个时代，一旦岗位涉及编制，放弃这份工作时往往需要加倍的决心。便是在挣扎中，马儿不知不觉已度过了五年。

"还是老样子？"周鹭问。

马儿本想点头，不知道为什么，几乎是鬼使神差的，她临时改变了主意。谎言就这样随口而出，马儿说，"没有，前几天辞职了。"

"那正巧了。"

周鹭的眼神中蹿出一股欣喜，她对马儿解释，由于回国这个决定做得比较仓促，美国那边有许多事尚未处理完，所以她和丈夫不得不再去美国住一阵子，时间不长，可能也就一个月左右。她说到他们临江的那栋小别墅，里面藏了慵懒的花草，与一只常年处于警惕状态的黑色孟买猫，假如一个月无人照料，这些轻盈的生命就会戛然而止。像是为了给自己的游说增加一点说服力，周鹭最后提到了信任问题，她看着马儿的眼睛，她说，"除了你，我想不到其他可以信任的人。"

"你们什么时候走？"

"就在下周。"

马儿明白，自己已经骑虎难下了。

她们又聊了些无关紧要的东西，天气、交通、时下流行的电视剧、最近发生在国外的小型火山爆发，她们也聊到马儿新买的那件大衣，不过是一笔带过的那种，当初花几个小时所做的权衡都变得不值一提。重要的是，她们正处在平等的位置，沿着各种话题顺流而下。这种轻松的氛围让马儿痴迷，她几乎已经忘记，就在见周鹭之前，她还那样局促不安。大概女人之间总是这样，虚构亲密感是她们的天赋。

后来，马儿就讲了那件事。虽然算不上什么秘密，但毕竟也难以启齿。她一开始还在陈述事实，渐渐地，她天花乱坠起来。她的讲述成为一个真假难辨的载体，把现实生活与她的假想串联在一起。

事情发生在上周五，马儿吃完午饭，提前二十分钟抵达收费亭，和同事做一些交接工作，一如往常。

气宇轩昂的冷空气在公路上巡逻，冬日的高速公路显得非常冷清，草木像被装进一个黯淡的滤镜中，当时雪还没落下，雪正在从北方赶来的路上。汽车在收费道排队，马儿有些不耐烦，这样的气候令她失去了做所有事情的兴致，所以她也很难理解，为何还有那么多车要出城，究竟是什么非做不可的事，让这些司机选择奔波。马儿今年二十八岁了，过去她常想方设法去弄明白一些事情，但现在，她已经学会去忽略自己不明白的事。

可能因为工作性质，收费员对于时间的感受总存在偏差，这种状况在马儿身上尤其严重。她反复做同一件事，用不了多久，便进入一种超脱的状态，彻底对时间流逝失去意识。根据马儿事后推测，那时候应该是下午，天空像刚洗过毛笔的池水，淡淡地泛着一层流动的灰色。

马儿低下头时，感到头发有些松了，于是她顺势解开头绳，重新将头发扎成一束。通常司机都是很苛刻的，凡是收费员稍有拖延时间的举动，司机都会催促，甚至破口大骂，大概因为荒凉的公路放大了人的孤独与自私。马儿略觉奇怪，她试了三次才顺利把头发扎好，可身边的这个司机没有任何抱怨，这种沉默无疑是相当感人的美德。

马儿抬头看了他一眼，又看了第二眼。

还在念大学的时候，刚失恋的室友问马儿，你觉得爱是什么？那时候马儿模糊地痴迷着一个同学，但对于爱是什么，她还不甚明白，她只是把这个问题当作室友的情感宣泄。然而，在她看到驾驶座上的男人那一瞬间，她醍醐灌顶，忽然明白了那个答案。这种感觉很难形容，好像构成日常生活的核子发生了聚变，一切忽然进入不稳定的状态，整部人生如同一场白日梦。

那就是爱吧，如果不是，那一定是最接近爱的一种错觉。

眼前的男人看上去三十出头，相对他的年龄而言，头发稍许有些长。在这阴郁的冬季深处，男人彻底摇下车窗，安静地看着收费员整理头发。

在短短的几秒之内，一万种感触从马儿体内迸发出来。马儿丢弃了理智，任凭自己走火入魔，她抓起一支铅笔，把自己的名字和电话号码写在了发票上。

她不顾自己触犯规则，监控摄像头正咄咄逼人地对着她，也不愿意多想那个男人是否已婚，或者是否对她的行为不屑一顾。她无比紧张地把发票递给那个男人，男人接过发票，谦逊而冷漠，接着，像其他所有的过客一样，开着车走了。

剩下马儿坐在收费亭里，恍惚间她像是重新回到了十八岁，她孤立无援，却又满怀雄心。

“后来，他给你打电话了吗？”周鹭瞪着眼睛问她。

马儿和周鹭面面相觑，俯拾即是的黑夜一跃而上，装扮着她们提前衰老的面孔。

对周鹭讲这个故事时，马儿临时起意，编造了一个虚假的结局。在真实世界中，马儿并没有把自己的电话号码给出去，她只是局促不安地缩在收费亭里，双手病变般颤抖。男人顺从地履行完通行手续，驱车离开。马儿才恍然大悟，这是最普通的日子，这是咸淡适中的日子，直到最后，什么也不曾发生。像是为了弥补什么，马儿迅速抓过一张报纸，在她所能找到的空白地方急促而疯狂地写自己的电话号码……

可马儿突然意识到，自己讲了一个糟糕的故事，既没有意义，又显得多余。周鹭不会理解她，她只是在看一部还没放到结局的电影。实际上，她们早就走上了不同的路，覆水难收。

这样想着，马儿缓缓摇了摇头。

马儿认识周鹭的时候，刚过完九岁生日不久。

仿佛是这座城市特有的风俗，每逢寒暑假，家长们不约而同地把孩子寄养在外婆家。马儿的外婆家在一条小巷里，巷口挂着一块年久失修的牌子。每次经过那块牌子，马儿总会大声把上面“桃花坊”三个字念出来。她喜欢这个名字，无论是因为女孩迷恋花朵的天性，还是因为那个年纪的孩子特有的盲目热情。

周鹭的外婆家没有这么好听的名字，马儿记得，周鹭的外婆家在一栋高楼里，过两条马路就能走到。在那些黏稠的夏日午后，两个女孩经常跑进那栋楼，把坐电梯当作一种娱乐方式。

那个夏天似乎异常炎热，她们整日都汗流浃背，以至于后来马儿回忆起这段时光，觉得黏稠而狂热。虽然都是二年级学生，马儿要比周鹭高半个头，当然，这并不足以消弭马儿在长相上的劣势。寻常人见到这两个女孩，总会偏袒周鹭多一些，不过周鹭从未滥用过他人的偏爱，也不曾因此骄纵，而是无比忠诚地跟在马儿身边，把游戏的主导权交到马儿手里。

她们唯一一次吵架，是在暑假快到尽头的时候。那天恰巧周鹭的外婆家没人，两个女孩便决心在这栋高楼里消磨漫长的下午。周鹭的外婆家很大，即便在几轮捉迷藏之后，马儿也没搞清楚它的格局。

周鹭有一个自己的房间，里面藏了各种新奇的玩具与首饰，马儿瞠目结舌，觉得那简直像个博物馆。周鹭把藏品一一展示给马儿看，其中她最喜欢的是一条项链，那是她去年的生日礼物，平时只有逢年过节才会戴出去。毕竟都是小女孩，很容易被这些东西吸引，马儿也对这条项链爱不释手。马儿伸手去拿项链，可周鹭却不像往日那样温顺，周鹭躲开了。周鹭说，只能看看，不能碰。

不知是周鹭态度的突变激怒了马儿，还是因为马儿真的很喜欢这条项链，她竟不甘心就此放弃，非要拿来看一看。也许每个人的童年中都有过这样得不到的项链，而且非要在许多年后，我们才会领会到，那些我们原以为是红宝石的东西不过是一些塑料。马儿先是摆出居高临下的姿态，要求周鹭把项链交给她，但是这一次，周鹭并没有屈从。马儿只能换一种方式，再三恳求她，周鹭还是不同意。眼看两人就要争执起来，周鹭最后只能让了一步，同意让马儿拿五分钟。

到了四点，她们坐在胭脂红的皮沙发上，目不转睛地盯着电视机。和现在相比，那个年代多少有些乏味，但正是由于娱乐方式的局限性，所有孩子看的都是差不多的动画片，孩子之间相互产生共鸣，时代迫使他们趣味相投。有些动画片，周鹭和马儿看了一遍又一遍，仍然津津有味。

电视里在放史努比，周鹭看了一会儿便走开了，留马儿独自在沙发上发笑。等周鹭再次出现，一切已变得不同。周鹭望着马儿，她都还没长到足以抑制泪水的年纪，于是眼泪便流了下来。周鹭说，“你把那条项链放哪里了？”

“我放在原来的地方。”

“哪里？”

“你房间的桌子上呀。”

“我那条项链找不到了。”

马儿从沙发上站起来，露出她那半个头的身高优势。她本来没打算认真对待这件事，可是周鹭不肯放弃，反而变本加厉地哭了起来。周鹭说，“是不是你拿的？”

马儿正要离开，却被周鹭一把拖住。她问马儿，“是不是你拿的？”

周鹭把手伸向马儿，她的手轻巧无力，反复推搡如同一场绵绵细雨。在意识到搏斗会带来的后果之前，她们已经扭打起来。马儿显然是有一些优势的，那个年代真好，无知令她充满勇气。马儿即是如此，不顾一切地投入打架之中，尽管她并不指望自己能赢得什么，其实，除了周鹭源源不断的眼泪之外，她什么也没有赢得。

马儿的外婆很快知晓了事情的来龙去脉，有些大人就是具备这种功能，你不必说很多，他们便足够以知情者的身份和你对话。

“不要和她一起玩。”这是外婆给马儿的告诫。没有更多的话了，她既没评判马儿打架的行为，也没解释自己这样说的原因。

“可是我没有拿。”

在这个热得冒烟的黄昏，迟来的委屈袭击了马儿，她回过神来，她发现，自己只是获得了表面的胜利。她问外婆，为什么周鹭要怀疑她，为什么没有人给她买那样的项链。当时外婆正背对着马儿，一边在水龙头边淘米，不知是在思考，还是懒得回答她。

外婆慢慢转过身，她在某一年患上关节炎，此后总是行动特别迟缓。外婆把米放进电饭煲里，按下开关，像是要缓一口气似的，她叉着手默默站了一会儿。过了许久，她清癯的身体里流淌出叹息，她说，“有些人生来运气就好些，没有办法的。”

一切并没有发展到不可挽回的地步，没过几天，她们在附近的小公园里再次见面。孩子身上很容易发生这种奇迹，短短几天之内，马儿迅猛地成长起来，成为一个崭新的、开始背负尴尬与忧愁的女孩。

雷雨刚过，天还是热得不可开交，但从学理上看，夏天即将抽身离去。

马儿蹲在草丛里，泥土尚未干透，水腥气层出不穷，懒洋洋地扑在马儿脸上。周鹭和马儿打招呼时，马儿正在进行一场孤独的游戏：挖蚂蚁。这个游戏不需要人配合，一个人也能玩很久，况且蚂蚁那微不足道的抵抗，无疑能刺激到女孩过早萌发的叛逆之心。

周鹭似乎不再记得那场恶斗了，也可能她本来就不在乎那条塑料项链。她拨开草丛，怀着久违的亲热来到马儿身边。蹲下之后，她伸手去拿马儿手中的吸管，那是用来刨泥土的小工具，马儿犹豫片刻，终于还是把吸管塞到周鹭手里。马儿明显感受到，和过去已经不同了，从现在起，她们之间的每一个举动都潜藏着交锋。同时，马儿也开始为自己的让步找理由，比方说，她之所以愿意把吸管给周鹭，是因为她已经独自玩了太久，她感到深深的困倦。

“快看！”周鹭大声叫喊起来。

马儿勉强凑过去，但一眼望去，她什么都没看见。

“你看那只虫子！”

在周鹭指尖靠前的位置，有一粒极小的虫子。它的身体呈水滴形，在雨后黯然失色的土壤中，泛出翠绿的光晕，好像逝去已久的春天正在它身上重现。它孤傲地立在那里，周围偶尔路过一些褐色的蚂蚁，它始终目不斜视。天真的女孩们为它痴迷，它如此与众不同，她们将此看作俗世中一种难以捕捉的机缘。

为了防止它逃走，她们用吸管罩在它身上。

“我们发现了稀有动物。”马儿说。

“真的吗？”

“嗯。”

“你知道它是什么？”

周鹭惊恐而兴致勃勃地望着马儿，可马儿根本无法给出答案。就在这时，一个生物学名词出现在她脑中，她脱口而出，“当然，这是草履虫呀，你不知道吗？”

实际上，马儿自己都不知道“草履虫”是什么，这个词语像一个无法归类的气球，飘浮在她的记忆之海上空。为了说服周鹭，她不得不编出更多关于草履虫的传说，并尽可能让语气显得斩钉截铁。

马儿的执念在那片雨后湿地上闪闪发光，当时她心中只有一个想法：不计任何代价让周鹭相信这就是草履虫。她不明白自己为什么非要达到这个目的，但她隐约觉得，只要周鹭选择相信她的谎言，她就在这场极为抽象的比赛中胜出了。

辞职最终不再是谎言，只是发生的先后顺序不同罢了。

答应给周鹭看家一个月后，马儿辞去收费站的工作。人们曾为是否要做某一件事辗转反侧，最后促使他们下定决心的，往往是一个不那么重要的原因。现在马儿服气了，世界是一个随时可能发生任何事的疯人院，全然不按常理运转。

周鹭所住的地方，是一栋三层楼的小别墅，这是她丈夫很早以前买下的，见证过他最奢靡的一段日子，数不清的派对在这栋别墅里上演，四处漫溢着酒肉气味和女人身上躁动不安的香水味。周鹭稍微提过她丈夫的过去，她并不愿深究，丈夫在那比她多活的十七年里有过什么秘密。无论如何，昔日浪子已经回头。

为了熬过晦涩难耐的夜晚，马儿叫来一位男性朋友。他们大学时是无话不聊的至交，如今许久未见，蓄谋在偌大的别墅里进行一场彻夜长谈。过去很长一段时间，她曾深深迷恋过他，但直到大学毕业，她都没开口向他提过。如今时过境迁，她接受了这段单恋无疾而终的结果，认可他们之间朋友的状态，但她还是想把过去的爱告诉他，假如不说，以后也未必有机会。

朋友来得很仓促，进门后才想起忘记带酒来了。马儿告诉他，往北走两公里不到，有一个大型超市。她叮嘱他买绍兴黄酒，他们大学里常喝的那种坛子，虽然她不知道现在市场上是否还卖那样的酒。她让他捎带一些樱桃，原味的薯片，以及其他适合长夜的垃圾食品，来往路上还要警惕那些层次不一的积雪。

朋友很快又出门了，马儿一个人留在别墅里。一种似曾相识的感觉聚拢过来，好些年里，她曾一次次被独自留在某个地方。在森林深处，潜行的猎人朝树上开枪，所有小鸟都飞走了，唯有一只扑腾不动翅膀。马儿想，那就是我。她想不通自己飞不走的原因，只能眼睁睁看着自己无法飞走的事实。

马儿从一楼走到三楼，旋即又回到一楼，别墅太大了，她甚至有些气喘吁吁。周鹭的梳妆室在一楼靠左的位置，马儿小心翼翼地走进去，怀着窥探隐私的心情，她剥开一层层抽屉。翻到第三个抽屉时，她蓦地停了下来，一阵剧烈的刺痛俘获了她。这种疼痛那样熟悉，她早就知道，即便过了这么久，她也没能将它从生命中剔除，相反，它没日没夜地搜寻着她情感上的突破口，随时准备重新回到她身上，它归心似箭。

第三个抽屉里放满首饰，有零散地堆在一侧的，也有包装整齐、端庄地平躺在抽屉中央的。长大后的周鹭拥有更多项链，但她大概不会再为任何项链哭泣。马儿不知道周鹭怎么想，反正在她自己身上，她发现无论怎样竭尽全力地向前生活，到头来，令她耿耿于怀的，还是最初失去的那些东西。

忽然，门吱吱响了起来，像是有人正在用钥匙开门。

马儿以为是那位朋友回来了，她立刻关上抽屉，以最快的速度将房间恢复原样。突发奇想地，她打算和朋友开个玩笑，便偷偷躲进一个足以藏人的衣柜里。他将会到处找她，焦虑的步伐在整栋别墅里蔓延，等到他灰心丧气时，她再从柜子里跳出来。想到这些，她像个擅长恶作剧的少女般笑了起来。

好久以前，马儿看过一部黑色喜剧，影片的末尾，所有想逃离宴会的人都在二楼的一个衣柜里重逢，那些人原本只想找个藏身之处，结果发现，大家不过是换了个地方钩心斗角而已。此时，虽然柜子里只有马儿一个人，她还是觉得很压抑，厚重的冬衣倒在她身上，如一场雪崩。驱虫剂的气味从四面包围过来，马儿不禁感到眩晕，唯一能让她保持清醒的，是渗过百叶门的一点点光。

不知等了多久，马儿不耐烦起来。顺着柜子门中央的缝隙往外张望，也并没有找到朋友的身影。正当马儿准备推门而出，她听见一阵高跟鞋的声音。

那是一个陌生女人。人山人海中，电梯里，快餐店前的队伍里……到处都能碰到穿高跟鞋的陌生女人，可是在已婚朋友的家中出现，这个女人的意味多少有些不同。马儿想起周鹭说过的，她丈夫从前在这栋别墅里的风流韵事，不禁格外紧张起来，仿佛她自己成了被背叛的女人。

由于柜子正对着餐厅，当女人在桌上拿烟灰缸时，马儿看见了她的正脸。女人说不上很美，五官轮廓分明，但略微凸起的颧骨使这副长相显得刻薄。女人想必已有一定年纪，她精心化过妆，最后被脖子上的皱纹出卖了。即便如此，她依然属于风韵犹存的那一类女人，从她的举手投足间能感受到，她过去曾让许多人伤心，亦为他人深深伤心过。

女人拿着烟灰缸往露台走去，移出了马儿的视角。没过多久，一股香烟味钻进马儿的鼻翼，那种味道很特别，像发苦的杏仁，或者烧焦的奶油。

马儿叹了口气，极轻的，仿佛在吹一片即将破碎的云。

女人的逗留很短暂，大约也就两支烟的时间。临走前，她双手撑在桌子上，深红色连衣裙下的身体战栗着。她垂下头，所以马儿看不清她脸上的表情，不过她不用看也能想象到，所有悲伤的面孔都有相似之处。

女人试图把桌布拉平，显得没有被人翻动过的模样。做完一切之后，她往门口走去，但不久马儿又听到高跟鞋靠近的声音，女人又回到桌子边，像是经过一番深思熟虑似的，女人小心地用纸巾包好烟灰缸，放进随身带来的包里——她把烟灰缸拿走了。

听到门锁上的声音后，马儿几乎是迫不及待地爬出了柜子。

事后回想，马儿惊觉刚才多么危险。如果她快一步打开地暖，如果她把晚饭端上桌子，如果她在房间里留下任何活动的痕迹，或是她的朋友在那段时间返回，她势必要面对一场尴尬的会面，而不能像现在这样，悄无声息，假装什么都没发生过。

他们展开一个推理游戏，关于女人为什么要把烟灰缸带走。没有正确答案，他们却乐此不疲。朋友倾向于她为了消弭自己来过的痕迹，整栋房子里，烟灰缸是她唯一使用过的东西；而马儿觉得，那个烟灰缸一定和她的过去有关，也许是她送给房子主人的礼物，现在变得不合时宜了，她想取回来，也算是一种纪念。

“你的意思是，这个女人和房子的主人有过感情？”朋友问。

马儿点头。

“你要告诉那个……”

“周鹭。”

“嗯，你要告诉周鹭，她老公有婚外情吗？”

马儿想过这个问题，她的立场一直摇摆不定，可在朋友提出这个问题时，她立刻明白了自己的选择，不仅关于是否要告密的选择，还有她长期以来，一直困惑的立场选择。她告诉朋友，这不是婚外情，只是一段过去的感情，可能那个女人和周鹭丈夫在一起时，房子的主人还没认识周鹭呢，反正现在这些事都过去了，那个女人也不会再来了。她最后强调说，“不是婚外情，周鹭的丈夫一直对她很好的。”

朋友把酒从塑料袋里拿出来，他没买到马儿说的那一种，但问题不大，酒都是差不多的，喝到后来，他们会忘记这一种和另一种之间的差别。

喝酒时，他们开始讨论烟灰缸丢失的问题。朋友起初不以为然，他觉得周鹭夫妇不会发现少了一个烟灰缸的，房间里那么多贵重的东西，谁会注意烟灰缸？马儿摇头，她和朋友解释说，既然那个女人会选择拿烟灰缸，那说明烟灰缸是有特殊意义的东西，主人对特殊物品肯定是很敏感的，因此，他们一定要为烟灰缸的丢失找到合适的理由。

马儿没有告诉朋友的是，她的固执己见背后存在一点私心，归根结底，她无法忘记年少时在周鹭外婆家发生的事，以及她长大的过程中，逐渐明白自己客观上无法改变的劣势，与在命运面前的无能。

不管付出什么代价，马儿绝对不能让周鹭怀疑她第二次。

他们想过网购，可他们都不记得烟灰缸的具体细节，怕错买不同的烟灰缸，反而弄巧成拙。束手无策之际，朋友忽然想到一个极为大胆的方法。

“我们可以假装有小偷来过。这样，我们把房间翻乱，然后你拍照片给周鹭，你就说，你刚进门，发现有小偷来过。”朋友说，“你甚至还可以拿走你想要的东西，就当是被小偷偷走了。”

“什么东西？”

“什么都行，珠宝首饰，或者……能找到的现金。”

马儿被这个办法吓了一跳，朋友试图说服她，“这样做的话，我们也不必喝这些寒酸的黄酒了。你看那个酒柜，里面藏品那么丰富，我们可以喝那里的酒，然后把瓶子砸了。你记住，所有坏事都是小偷干的。你要知道，就算报警也查不清的，每天有这么多人报案，真正被抓住的小偷又有几个？”

他们都心知肚明，这样做是犯法的，可他们在平缓的地面上行走太久，一个突如其来的下坡让他们兴奋不已。他们默不作声，但在行动上，他们已经开始细致地搜索整栋别墅，察看是否有摄像头装在某个隐蔽的位置。

恰好在他们巡逻到三楼时，马儿的电话响了。马儿看了一眼手机，转头示意朋友不要说话。

电话是周鹭打来的，她的声音越洋而来，其中的活泼竟无丝毫折损。周鹭告诉马儿，今天是圣帕特里克节，人们都穿着绿衣服，过路游行的队伍中，有个陌生女孩送给她一朵三叶苜蓿。她忽然想起自己也走了一段日子了，想问问马儿过得如何。

那通电话的最后，周鹭问马儿，那个人有没有给你回电？

马儿反问她，哪个人？

周鹭说，就是高速公路上那个男人，你给他留下电话的。

马儿一时间不知道该怎么回答，她自己都快忘记这个谎言了，倒是周鹭还记得，甚至煞有其事地等待着结局。尽管那个故事是假的，实际上，她并没有勇气递出自己的电话号码，可难道不是吗，每个虚假的故事背后都藏着讲述者极为压抑的真实感情，就马儿而言，那是一股扭曲的深情，不只针对车里那个男人，而是对她已失去的每一个爱人。

如果不是周鹭提醒她，世界上还有那样一个男人存在，也许记忆也就载着那段迷幻的爱飞驰而过了。时间久了，马儿会以为那个男人本身也是她想象的产物。可是现在，马儿情不自禁地感动起来，仿佛人生中还剩下一个未解之谜，她必须为他等下去，她像在漆黑的河流里捡到一朵鲜花。

放下电话后，马儿在三楼的晒台上找到那个朋友。他们没有再聊伪装成盗窃的事，非常自然地将犯罪的念头搁置到一边，好像在一通电话的时间内，他们那股恐怖分子般的热情已耗散了一大半。

事实上，他们内心深处一直明白，伪装成盗窃只是一个玩笑而已，他们尝试扮演与日常生活不同的角色，但这种消遣无济于事，何况在他们认清现实处境的那一刻，孤独会更加鼎盛。

所有事情已经尘埃落定，不可挽回了，丢失的烟灰缸，错过的感情，无法化解的命运劣势，本质上有什么差别呢？也许再过个十年，她会稍微理清楚一些，也许十年还不够，那些都是未来的事，谁又能说得准。

朋友正在抽烟，他把烟与一盒七彩火柴递给马儿，问马儿要不要来一支。还没等马儿反应过来，朋友笑着抽回手说，“我忘了，大学里我问过你很多次，你从来不要的。”

可是这一次，马儿接过他的烟，从火柴盒里挑出一根橙色的火柴，火焰迸发，烟燃烧了起来。马儿还在想那个穿深红色连衣裙的女人，她隐约感觉她们之间其实存在着共性，可能是一种徒劳的努力吧。

马儿忽然不打算把昔日对朋友的迷恋说出口了，就让它成为一个永远的谜，反正现在表达也已经不合时宜了。

夜很凉，他们站在晒台上，寒冷如同一排钢针刺进他们的皮肤。晒台后的房间里，电视正开着。到了如今，看电视的人不多了，从功能上来说，人们打开电视更多是为了驱赶沉默。

电视里似乎播放着一个科学节目，一个沉稳的男人在做旁白，他的声音如此四平八稳，把这节目的枯燥性充分发挥了出来。

“草履虫是一种身体很小，圆筒形的单细胞生物，是地球上最早的生命……”

在成长中的某个时刻，马儿从某个地方得知，草履虫并不是一种虫子。那时候，她既没有感到羞耻，也不曾后悔自己说过这个谎言，直到现在，她才意识到，一切是如此荒谬。她现在明白过来，她原以为她和周鹭之间存在着一场关于尊严的拉锯战，但实际上，从头到尾只有她一个人在参战，她小半生都执着于这场永远没有胜算，甚至都没有敌人的战争。

马儿想象着远古时代，世界上住满了草履虫，它们心地善良，热爱和平，每天无忧无虑地在水中游泳。最重要的是，每条草履虫都那样相似，一无所有，活在绝对公平的生存环境里。水位上升令它们快乐，在那个时代，地球就像一锅草履虫汤。

他们良久不曾说话，马儿忽然喃喃自语道，“完了，我们完了。”

天色越发暗沉，极其微弱的星光在头顶垂死挣扎，满天都是宇宙大爆炸后的碎片。朋友把脸转向她，看见黑夜在她深不见底的眼波中闪烁。可是他无法理解的是，为什么她的语调里弥漫着的，竟是一种如释重负。

Mar.

# 白塔

对不起，我迟到了这么久。

外面雪下得很大，平时塞满霓虹灯光的大楼都成了白塔。你们大概六点半就到齐了，那时雪才漫到脚踝，雪只是你们脚形的模具，可现在不一样啦，夜色往更深的浓度蹿了上去，雪已铺天盖地，假如你们在外面走，半截小腿肯定会被雪吃掉。

火锅都快吃完了，没关系，我再点一盘羊肉就好了。他们都说冬天是羊肉的最佳消耗季，我不知道是真是假，不过既然大家都在这样做，那多半是不会错的。别用这种眼光看着我，真的很抱歉，我竭尽所能了，多么希望你们在我身上装上摄像头，让你们亲眼看看我如何穿过密集的红灯，跑得像一名马拉松运动员。当然，最后我是从梅花弄穿过来的，之前打电话的时候你们不是已经告诉过我了吗？这条小路上一朵梅花也没有，两边都是嗡嗡作响的空调室外机。我一路飞奔，好几次摔在雪堆里，甚至还爬行过一段路。你们看，我的外套早就湿透，可想而知我曾一次次被无情的雪偷袭。我这样做，无非是为了快些见到你们，我们十年未见，如果不是因为失去了这十年的时光，我根本不会意识到十年究竟有多长。

其实我早就出门了，你们应该还记得我是什么样的人吧，我也许胆小、自闭，软弱得像一摊水泥，可我从不迟到。我离家时大概只有两点出头，那时雪还藏在云里面呢，我敢说你们没一个来得比我早，要不是碰上那场意外，我一定第一个坐在这里翻菜单，第一个为每个人点一盘羊肉。

你们问那场意外吗？我会说的，让我再歇一口气，就在刚才，我的心脏差点从口腔里滚出来，即使现在安稳地坐在你们中间，回想起几小时前的一幕幕，我还是吓得发抖，那件事就像闪电一样在我脑子里霹雳着。没错，我发抖不是因为天气冷，我是害怕，承认害怕没什么可耻的，你们很高兴看到我这样，不是吗？

我四点时去了次银行，同学见面，总是要带点现金才行，何况我也不是很擅长用那些新的支付软件，还是能放进钱包的纸币令我更安心。事情真的很不巧，那家银行取款的ATM机坏了，据说是昨天夜里被醉汉砸的，如今满世界都是这种事，人们想方设法进入迷糊的状态，然后可以理直气壮地为非作歹。我气得要命，但也没办法，只好领了号去柜台前排队。说起来我特别后悔，附近其实还有一家别的银行，要是我当时没心疼跨行取款的手续费，直接去了旁边的银行，可能就不会碰上这种事了，话说回来，多少人一生中能碰上这样倒霉的事呢？

我坐在银行里，热空调呼出的气喷在我脸上。突兀的高温令我晕头转向，我感到脸颊极度干燥，仿佛皮肤里曾埋下种子，而此刻它们正在蓬勃地向外爆裂。也不知道过了多久，周围的人开始躁乱起来。我见惯了大惊小怪的人，当我精神好的时候，我自己也是那样的人，所以我最初并没有特别在意，直到一个女人的尖叫声穿过人群刺入我的耳膜。

一群拿着刀的人破门而入，他们头上套着麻袋，眼睛从两个极小的孔里透出来，他们一共有十二个人。站在最前面的显然是他们的首领，那人穿着黑色的棉衣，衣服上破了些洞，小团棉花从衣服里钻出来。他的动作幅度稍微加大一些，棉花就簌簌地往地上飘。

我回过神来时，大部分人已经蹲在地上了。我当时还不是特别清醒，只想着往人群里躲，如果周围都是和我一样的受害者，我就不那么惶恐了。

“别动。”黑衣人说。

这命令是多余的，所有人都在静候他们的处置，谁也不敢有多余的动作。我脑子里一片空白，其他人应该也差不多，我们就像一批等待检验的零件，没人知道哪些会被处理掉，哪些可以全身而退。

这时，柜台里有人模糊地说了句什么，从我这个角度看过去，黑衣人轻轻地摇了摇头，我几乎能想象麻袋下他那冰冷的表情。黑衣人的声音又一次响起，在那种情况下，他说的每个字对我们来说都如上帝之语。

他说，“不，不要钱，我们不是要钱。”

人们交头接耳起来，恐惧曾令我们鸦雀无声，而困惑则给了我们复苏的力量。我们一时忘了自己是受害者，还以为这只是一场迷幻的噩梦。入侵的劫匪里有人大喊一声，我们才稍稍安静了下来。

趁着混乱，我偷偷打量眼前的劫匪，他们的衣衫都很破落，举止也不像专业的劫匪。我不知道该怎么对你们形容那群人，比起你们在电影里看到的劫匪，他们的外表肯定要寒酸得多，但这并不意味着他们不可怕。唯有亲自在现场，你们才能感到他们身上散发出穷凶极恶的绝望，才能感到痛苦从他们身上长出了触手。就是这样一群人，他们那么穷，终于有一天横下心来抢银行，可面对我们这些匍匐着的受害者，他们却说不要钱，那他们还能要什么呢？现在已经是隆冬，雪都在空中摇摇欲坠了，这不可能是愚人节玩笑，而且你们也知道，我们这座城市向来缺乏幽默感，即便是愚人节也不会有人开这种玩笑的。

黑衣人咳嗽着，推开来扶他的同伴，又伸手朝我们一指。劫匪中便有人出了列，把一些白色的纸分发到我们受害者手中。随着他们步履的移动，天花板上白灯的光从他们的刀锋上反射过来，弄得我眼睛发酸。尽管很小心，他们仍不能控制好自己手中的刀，于是那些刀不断伤害着我们，划破了我们的外套，割断了女人的头发，还把种种小伤痕嵌在了我们皮肤里。

你们绝对猜不到，他们冒着死刑的风险来抢银行，结果只是为了给我们一张选票！下个月就是三年一度的教父大选了，总教会给我们每户人家都寄了选票，这也太荒谬了，我家里放着两张一模一样的选票，却还要蹲在这里收第三张选票。我们面面相觑，对他们究竟想做什么毫无头绪，只觉得选票上鲜红的教会印章在嘲弄着我们。

“我要的是你们的自由。”黑衣人说。这时候，发选票的劫匪已顺利完成了他们的工作，迅速回到黑衣人的身后。

黑衣人继续说，“教父是我们的最高领袖，他决定我们这里该有多少道路和鲜花，决定我们的生与死，决定我们的法律以及一切规则，他和我们每个人都息息相关，难道不该由我们选出我们最愿意的那个人吗？然而，我们都知道，总教会分成十七个支流，当权的A支流总想操纵我们，用各种各样的方式逼我们选他们的领袖老A做教父。他们在电视里反复强调A支流对教会的贡献，把其他支流说得一文不值，这只是最表面的斗争，他们背地里肯定做过无数诬赖别人，甚至更恶劣的事，他们想通过排挤别的支流来稳固自己的地位，如果我们再这样软弱地顺从他们，总有一天他们会推翻整个教会，取而代之。”

这时候，戏剧性的一幕发生了，蹲在我前面的人忽然举起了手。那人略微有些佝偻，褐白相间的头发砌在头顶，就像一盘病恹恹的土豆丝，我想应该是个老头。还没等黑衣人准许，他就自顾自地开口说,“胡说! A支流本来就是最伟大的支流,其余支流都是在其庇护下才赖以生存的……”

“他被洗脑了。”黑衣人轻声对身边的劫匪说,像是感到惋惜似的。黑衣人朝老头走来,我在老头身后直发抖,我觉得他和其他劫匪是不同的,其他人参与这场抢劫是因为承受不住痛苦,而这黑衣人是为了他的雄心。

黑衣人走到和老头不到五十厘米的距离,炽热的目光烧毁脸上的麻袋,直蔓延到老头的脸上。黑衣人说,“你已经毁了,他们帮你换了血,现在你的血脉里流动的都是污秽。”

这样说着,他一把抓起老头,刀刃从老头的右手掌上溜了下去。大概因为刀不够锋利,黑衣人不得不踢倒老头,把他的手按在地板上,反复剁了几次,老头的手掌才被砍断。

这一切都是突如其来的,黑衣人站在我和老头的前方时,我就事先闭上了眼睛。如果人的听觉也能关闭的话,我会毫不犹豫地也关闭听觉,可我没有这样的能力,只好凭借着四周的声音被迫明白了发生的事。老头被砍手掌的时候,四下的惨叫一齐迸发,就在那万千痛苦声中,老头层出不穷的喊声尤为凄厉。我张着嘴,努力不让自己发出声音,在我被压抑的沉默中,眼泪和口水不断地往地上流淌。

当我睁开眼睛时,老头已经被黑衣人拖到旁边了。老头靠墙躺着,瞪得如灯泡的眼睛从满脸褶皱里兀立而出,他比我想象的还要老一些。地上的血迹正冒着腥气,他被砍断的血管里喷涌的并不是黑衣人说的污秽，而是鲜红的血，和所有人的血一样。那幅场面令我感到撕心裂肺的疼痛，我是说，那老头根本没说什么过分的话，他说话时间加起来都没超过十秒，黑衣人为什么要这样对他？为了说明这不是一场玩笑吗，还是为了惩罚老头对他的忤逆？……你们不要讨论了，我根本不在乎黑衣人的想法，多回忆一秒那时的场景我都觉得浑身难受，你们怎么能这样冷静地谈论施暴者的意图呢，你们难道不想哭吗？

说出来可耻，虽然我很替老头难过，但是我也暗自庆幸被砍手的不是自己。黑衣人转身回到原来的位置，他为数不多的追随者手持武器跟在他身后。黑衣人尽量温和地朝着我们说，“选吧，用你们的自由意志选。”

我们只是呆板地望着选票，这种选票我们每隔三年都会收到一次。从前，我们总是随手把A支流的候选人名字勾上，根本不会认真地看选票，也没人会在乎选举的意义。如今，当我们不得不去思考谁是我们心中教父的最佳人选时，我们竟难以抉择。

黑衣人见我们没人下笔，显然有些生气了。他问我们，“为什么你们这么迟钝，你们真的甘心在A支流的领导下苟活一生吗？他们挪用我们的养老费，垄断所有教育资源，故意把各种制度弄得漏洞百出，以便他们一手遮天。更可怕的是，如果你不顺从他们，或者你无意间跟随了别的支流，你就永远别想逃脱A支流的折磨……”

黑衣人日常生活的不幸全从他的气急败坏中流露出来了，他忽然又蹲了下来，神经质地抓住一个受害者的手。那个女孩子以为自己即将失去手掌，吓得尖叫起来。黑衣人隔着麻袋凝视着她，问她，“你到底想选谁？”她全身都在做无力的挣扎，哭腔一声重似一声，当她说出“不知道”时，几乎没多少人能分清她是在说话还是嘶号。

“不知道。”黑衣人重复着她的话。

受害者中不断有人发出抽泣声，像早春那些扰人心烦的小雨。我们就这样僵持着，大家都知道不能做什么，都知道执意要选老A就会与自己的手掌永别，可没人知道我们应该做什么。

最近临近教父大选，电视、广播、马路上每一块可见的广告牌上，到处都是各个支流竞选人的宣传资料，他们甚至连深巷里的电线杆也没有放过。我见过每个支流的宣传资料，前阵子闲下来的时候，我还去官网搜过每个竞选人的自我介绍视频。在视频里，他们无一例外地看上去和善、公平、正直，每个竞选人都给我一种选他就相当于选了我们这个国家璀璨的未来的感觉，是的，他们看起来一模一样。不过，那时候我一点也不在乎，反正我到时候会选老A，我知道很多人和我一样，选老A并不是出于什么特别的原因，只是觉得做这个选择最容易。

黑衣人迎着我们无知的目光，仿佛看穿了我们的心思。他说，“你们必须自己选，如果由我来建议，这就不是自由了。”

“A支流当权的种种弊端人尽皆知，可是，别的支流真的会好吗？哪个支流才好呢？”受害者里有人战战兢兢地说道。

“我想……”另一个受害者说，“是老K吧，他是我校友，当年在学校时做过很多义工，人很随和。”

“不行，我是刑辩律师，知道一些老K的事。我只能说，他做过伪证。”

……

受到鼓舞似的，我们这群蹲在地上的受害者纷纷议论了起来，黑衣人则冷漠地站在旁边。他们讨论得很激烈，但我一句也没听进去，我只是觉得我小腿麻得快断掉了，我觉得全世界都是混蛋。刚才被黑衣人拉到旁边的断掌老头开始咳血，血浆像劣质油漆般糊了他一脸，除了我之外谁也没看见这情景，半小时前，人们还为他惊呼不已，现在大家已经把他忘了。

他们还在讨论着教父的候选人，黑衣人似乎很满意这种自由降临的氛围。我一点也不羡慕他们，我心里想的是你们。那时你们已经有人到火锅店了吧，可我还困在这不知什么时候才会结束的抢劫中，想到这里我差点哭了，我们已经太久未见，我都长了好些白头发了。

我想起一些十多年前的事情，我曾是班级里成绩最好的学生，你们每天抄我作业，却从不给我应有的待遇。你们叫我“软柿子”，用彩色圆珠笔在我校服上涂各种花纹，你们还把撕去翅膀的蟑螂塞进我的铅笔盒。你们还记得吗？有一次物理考试，因为我是全班唯一一个合格的人，你们充满暗示的眼神在教室里乱飞，在晚自习时有人掀掉了我的课桌，剪坏了我的书包。你们不知道，我妈妈从早到晚给人洗衣服，赚好几天的钱都买不起一个像样的书包，还是你们其实知道这些情况，这样反而更来得刺激？

他们还在继续讨论，渐渐地，黑衣人和他的同伙也开始发言。

“老D怎么样呢？”

“他怎么行，前几天《正义日报》还报道了他的婚外情。”

“你们又不是不知道，《正义日报》是A支流的走狗，谁知道这些是真是假。”

“说的也是，只要不选老A，选谁都可以……”

没有意义的对话此起彼伏，他们讲了数不清的观点，大家都已口干舌燥，可最终仍然不知道应该选谁当这一届的教父。受害者中有些人情绪很激动，说到一半站了起来，尽管黑衣人对受害者积极的讨论很满意，他还是不能容忍站起来这种行为。他和同伙们一拥而上，把站起来的人踹回地上。这样来回几次，受害者也就老实了，他们安分守己地蜷着膝盖，在有限的“自由”里尽量施展拳脚，大声叫喊着自己的观点。

最后一个站起来的人是个中年男人，他身形微胖，窄小的眼睛缩在金边镜框后面，是那种路上随处能看到的模样。眼看黑衣人的暴力正要施加到他身上，他跳着后退了，一边嚷嚷说，他要讲一个故事。他后退时撞上了蹲在他后面的受害者，一个踉跄又跌回地上，黑衣人的刀抵在他喉结上，他不敢再站起来，可他如愿讲了那个故事。

“这大概是二十年前的事了，不知道你们是否还记得，当时有种叫‘红恶魔’的瘟疫频繁出现在新闻里。没过多久，教会研制出了治疗的药物，在此之前，‘红恶魔’一直是让人闻风丧胆的。那时候我刚毕业，在一家小报社做记者，恰好采访过一个从‘红恶魔’手中幸存下来的村庄。

“这本来是个很普通的故事，村里人感染上瘟疫，像多米诺骨牌一样有序地倒下了。由于不愿意触碰因‘红恶魔’而死去的人，村民让那些快死的人自己走进一间破庙中，所有进去的人都有去无回，只闻得整个村里尸臭熏天。后来，就像新闻里说的那样，教会派医生把新研发的药送到村里，救回了一大半已经被死亡拢在怀里的村民。

“如果故事在这里就结束，那结局势必是皆大欢喜的，但事情并没有那么简单。那群起死回生的村民非常感动，在一个春风柔软的清晨，所有人自觉地跪在医生的门前。医生开门时吓了一跳，村长对他说，‘村民对教会、对您感激涕零，我们该给您什么回报呢？’

“医生有些糊涂了，村民们赤诚的眼神无疑给了他一些安慰，医生的表情这才松懈下来，摆摆手说，‘我们从来都是不求回报的。’村民们执意要医生说出要什么礼物，那位医生再三推辞不过，又不想从这些贫苦的村民那里拿走任何东西，只好说，‘一定要选一样礼物的话，我要你们从今以后活得快乐。’

“村民们愣住了，甚至好几个月都没缓过神来，他们不明白‘活得快乐’是什么意思。他们原先期望医生要的是更实际的东西，例如今年玉米收成的一半，或是在村口立一块纪念医生恩德的碑，或是把村里最好的房子送给医生，可是医生要的是‘快乐’，这就令他们相当为难了。

“村民们整天萎靡不振，稍有空闲就坐在院子里沉思，那些院子曾经是‘红恶魔’的领地，后来也长出了绿色的植被。时光流淌的方式如同拨动琴弦，很快又过了两个月，村民们始终毫无头绪。有一天，一个没什么耐性的小伙子起了放弃的念头，他告诉大家，他没办法达到医生的要求，越是思考‘怎么才能变得快乐’越是令他痛苦，他打算把医生救回来的生命还给死神。村民们围在他身边，鄙夷的目光泼满他全身，但没有人说任何话，因为他们做不到医生所说的‘快乐’已是所有人心照不宣的事。”

中年人停顿片刻，仿佛是为了吞咽囤在嘴里的口水，接着说道，“你们还记得这条新闻吗？当时可是很轰动的，最后，大约三分之一的村民跳河自杀了。”

中年人就这样结束了故事，不知不觉中，黑衣人的刀已离开了他的身体。我们一言不发地蹲着，透过银行门口夸张的瓜栗树盆栽，我看见黑夜在空中晕染了开。中年人说，“我讲这个故事，是为了说明‘快乐’是不能被索求的，如果医生没有要求他们‘活得快乐’，那他们反而会快乐。‘自由’也是一样的，你们这场抢劫从一开始就是错的。什么是‘自由’？‘自由’就是我们原本会做的那个选择，是没有这场抢劫我们会做的选择。”

黑衣人的平静出人意料，他举起右手仓促地摸了一下套在头上的麻袋，衣服里的棉花依然往外掉着，落在断掌老头的血迹里，顷刻被染得鲜红。墙角的老头正在死去，我离他很远，却能清楚感受到他的呼吸一声薄过一声。

受害者里有人低声应和，不知道谁说了一句，“就算我们把票集中在另一个支流的领袖身上，以A支流卑鄙的秉性，他们难道不会在计票的过程中做手脚吗？”

黑衣人的一个同伙丢下了刀，我们听见他隔着头套哭了起来，所有声音都很轻柔，好像有个人在这些声音底下轻轻吹气。

我走出银行的时候将近八点，路面难得空旷，街上的汽车仿佛人间蒸发似的，世界已沦陷在一片深雪之中。我向前跑着，雪像一粒粒细小的子弹扑向我，不知是因为刚哭过，还是因为雪折射出了白光，我觉得今晚夜色特别清朗。

我还在想着有关“自由”的问题，那个中年人讲的故事像一条往我记忆回溯的河流。我是说，我从小受尽了你们的凌辱，对于自由是什么，我是最有发言权的。自由不是不受他人操控，不是可以放浪形骸地做你想做的事，而是你做任何事情，都不再感到恐惧。那才是真正的自由，可惜我一生当中从未有过那样的时刻。即便我现在有了钱，我也没法在你们面前趾高气扬起来，我生命中那些最晦暗的时光已漂流远去，变成人类历史中的一小粒纤维，我不能去改变我的过去，我永远地失去了拾回尊严的机会。你们看我，我还是这副战战兢兢的模样，你们尽管笑吧。

你们还想问什么？那群劫匪的结局吗？当然不是，他们怎么可能被关进公安局呢。我太激动了，刚才可能说漏了，那个黑衣人还算是明事理，最终意识到抢劫“自由”是不可行的。见自己的同伙丢了刀，黑衣人有些气急败坏，他迅速弯腰捡起刀，重新塞进同伙的手里。做完这一切后，他转过身，像刚进门时那样气势汹汹。

“既然这样，那就把你们的钱交出来吧！”

他这样说着，我注意到墙边的老头已在血泊中永远昏睡了下去。

银行外面，雪正下得酣畅。

**Apr.**

# 昨日花园

你不会在你孩子生日那天谈论宿命，尤其是在众多打扮光鲜的亲友面前，他们举酒杯的姿势调整到一半，因不知所措而暂时熄灭的表情背后，隐隐透露着讥讽，或是对山雨欲来的窃喜，他们庆幸自己出现在这一类日常生活事故的现场。

战争、巫术、杀人事件，这些都是当天的违禁词语，宿命也一样。假如有人要在你孩子生日那天谈论宿命，你应该阻止他。

然而，我没能阻止何晓阳。我打算走进浴室，把浴缸里那个大塞子拔出来塞进他嘴里，让他的滔滔不绝都消失在橡皮塞铸成的白墙背后。可是我转过身，走进浴室，一种惯性迫使我把手伸到自来水下，我拧开龙头，花了不知多少时间洗干净了手。

我抬起头时，已经不记得自己为什么要到这里来。我听见浴室外人声鼎沸，像一个躁动又缺乏训练的合唱团，而主唱何晓阳那孤注一掷的男中音非常刺耳。

我控制住自己不要哭出声，因为同样的，你也不该在你孩子生日那天哭泣。如果你真的非常想哭，你可以从自己肩上抓起一把头发，然后假装时光机把你带回了幼儿园，你以认真且充满期待的态度数头发，一根、两根……四千根，你恢复平静，你脑子里只剩下纠缠成海藻的头发。

我对着镜子练习微笑，就像我几年前对着地铁门的玻璃一样。那时我还没结婚，刚从一个派对中撤离，在末班地铁里，车厢空空荡荡，悬在头顶的扶手被神秘的物理定律牵引着不停摆动。我变换着咧开的嘴型，露出六到八颗牙齿，思考究竟怎样的状态才能让人们信服：我是那样干净温柔，和我相处是安全的。我的面部肌肉发酸，像有柠檬籽从皮肤底下生长出来，似乎我再也坚持不下去，我完全不知道下一步做什么才好，我吃不准。

我回到客厅，这一次，他们不再发出声响，而是注视着我，可那种目光也是不合时宜的，人们普遍带着一种自作多情的怜悯，仿佛今天是我孩子的葬礼，而不是他的生日。

何晓阳歪斜地躺在沙发上，酒渍染红了他衬衫的领子。他神情呆滞，如同刚敲完战鼓的将士。看见我时，他像忽然被打了一针肾上腺素，莫名其妙的深情又一次出现在他身上。他说，“我爱你，从初中开始，你知道今年是第几年吗？”

我说我结婚了，慌乱之际，我想把我的儿子拉过来，以证明我所说的一切都是事实。这时我发现儿子不见了，也许有哪个好心人把他藏了起来，想帮他躲过这没来由的灾难，反正我们家的房子很大，两个清洁工每次打扫完都气喘吁吁，有太多房间可以作为避险之处。

“我爱我丈夫。”我说。

尽管我在说谎，但在这样的场合里，这是我必须讲的台词。我的小姑子、我和丈夫的诸多共同好友都在旁边，我知道他们都在催促我快点把这件事了结，他们固然什么都没说，他们的存在本身就是一种威胁。

我的小姑子更是怒不可遏，我不敢转过头去看她的脸色，可是这件事怎么能怪我呢，甚至连何晓阳都是她带来的朋友。如果我在这个家里稍许有些地位，我肯定昂首挺胸站在她面前，斥责她什么人都往家里带，扯烂她烫成栗色波浪卷的头发。我要把她绑起来倒挂在吊扇上，惩罚她把何晓阳再度带入我的命运。

即使在别的时候，不是孩子生日，不是结婚纪念日，不是任何庆典或者悲剧发生的时候，我也不喜欢谈论宿命。避无可避的是，在初中毕业后的近二十年里，我和何晓阳不断地相遇，我们分别离开了那座我们念初中的城市，我一雪前耻，摇身变成一个端庄大方的太太，不知道为什么，即便如此我们还是会重逢。

我和何晓阳上次重逢是四年前，那时我孑然一身，还没认识我丈夫，孩子更是子虚乌有的东西。

那天我刚撕完三月最后一张日历，一个湿润的下午环抱过来，广播里满是台风将临的谣言，空气中流溢着细小的液体颗粒。我从衣柜里挑出黑色的连衣裙，为芭蕾舞鞋系上绑带。这些年人们已经开始赞赏我的衣着审美，他们不知道的是，我小半生都在依赖精心打扮以逃避某种东西。我坐了很久地铁，总算循着朋友在短信中发来的消息找到了派对所在的别墅。

我在别墅的客厅里看见何晓阳的时候，多刺的植物在我身体里迅猛地生长，我感到血液流动的速度减缓了。那是我们多次猝不及防的相遇之一，命运安排何晓阳在后面追捕我，就算我已预料到将来的凶险，我也无法拯救自己。如果宿命一定要从我身上碾轧过去，我又有什么办法拒绝呢？

我们尽可能克制自己的情绪，向对方问好。到这地步，我已搞不清是情绪还是情感，但无论是哪一种，都和爱没有什么关系。在此之前，我们的牵绊从未涉及过爱，如果有人告诉我，日后何晓阳会当众讲他爱我，我必然嗤之以鼻，并暗中考量说话者对我究竟怀有什么样的恶意。苦难褪色后，警惕通常会残存在人体内，在胡言乱语中找到讽刺的意味是我所擅长的。

实际上，硬要开诚布公地说，我和何晓阳之间只有彼此受过的耻辱。

我们站在窗边，好奇让我暴露了身上的犄角，我把触手探向何晓阳当时的生活，我问东问西，问起他父亲现在过得怎样。

何晓阳以非常缓慢的速度答复我，每句答复前都缀以一段沉默。

“我挺好。”

“和以前差不多。”

“他在养老院……不，我不会接他出来，不会去看他。”

何晓阳似乎想方设法终结我们之间的谈话，我瞪着他，假装我对于我们的相遇一点都不意外，假装一切都已过去，我不再害怕。我还想问他今后的打算，但是被他抢先了一步，他朝阳台伸出食指，我顺从地沿着他指的方向望去。我瞥见他嘴唇微微翕动，他好久没剪头发，黑色荫蔽了他两只耳朵。

过不了多久，在我已明白他所指，在他的解释已没有必要的时刻，他说，“刮台风了，花墙上的牡丹都落下来了。”

我放过了那些挣扎不息的牡丹，僵硬地转向房间里，一撮撮人正在窃窃私语。除了邀请我的那位朋友与何晓阳，我谁都不认识，倒也不介意这些，我已习惯了不断在陌生的人际关系中重新出发。我观察这些人，他们可能在搜肠刮肚寻找与新朋友交谈的话题，也可能是一些旧相识，就像我和何晓阳，被一种不可言说的共性牵连着。

派对的主持人端着色拉从一楼厨房上来，黄椒、紫甘蓝、西红柿、生菜、黑橄榄、面包丁，他像捧着一碗晶石元素的魔法师。色拉碗放在圆桌的正中央后，桌面彻底饱和。主持人招呼我们围拢过去，他眉飞色舞地宣布，“下面，我们来玩一个游戏。”

我一直在脑子里盘算宿命这件事，不过我从来没有把这个词语说出口。失去憧憬之后，人人都学会了自欺欺人，我想，只要我不讲出来，就相当于我没有承认这一点。我没有想到的是，何晓阳先把这个词说出来了，他讲得那样大义凛然，逆光的脸和他爸爸一模一样，我一瞬间失了神。

何晓阳对我说，“这是宿命。”

我的小姑子挽着他的手臂松开了，也许她本打算有所行动，否则也不至于在春日还踟蹰不前的时节穿得像夏季，壁虎似的紧贴着何晓阳，说这些没有意义，因为我的小姑子和何晓阳的关系已经黄了，是何晓阳自己搞砸的，我原本还想祝福他们呢。

我不是说我自己毫无责任，我早就该起疑心的，今天的何晓阳格外开朗，热切地和每个人寒暄，好像他才是这栋房子的主人。恰好我的丈夫今天缺席，据说是去三百公里以外的省份谈一桩重要的买卖，谁知道是不是真的。在这样的契机之下，不熟悉的朋友都以为何晓阳是我们某个很亲近的人，接替我的丈夫主持大局。

何晓阳自己澄清了这一点，他说他和我们不算熟，他是我的初中同学。

这是从他嘴里冒出来的最后一句真话。

他又对他们说，他只是我的众多爱慕者之一，而且毫无疑问是最痴情的那一个。

我一开始以为他在用新颖的方式开玩笑，我甚至还觉得他用这种方式来重构我们的过去颇具创意，反正也没有人会信以为真，我已经结婚了，在场所有人都知道，毕竟今天的主题是为我的儿子庆祝两岁生日。

令我诧异的是，何晓阳不愿意见好就收，哪怕大家都已献出了适当的笑声，他还是不愿意停止表演。我想把他拉到边上制止他，可是我总找不到机会，每次都在靠近他的路上被琐事打断。等到我终于空闲下来，我已经没有办法再和他单独讲话，他对我的表白超过了来客对女主人的常规恭维，我若和他悄悄讲话，必定会引起众多宾客的怀疑。

我不是害怕别人的异常目光，也许他们内心本来就积攒了对我的轻视，在打麻将或是下午茶时对我评头论足。我目前的家庭情况，在场的人多少有些耳闻，比如我的丈夫怎么在南方给娼妇买房子，他又是隔几个月才回来一次，我见到的是一副常年冰冷如金针尖头的面孔。因此我不会内疚，鉴于我的丈夫不在乎我，流言也没法对我造成伤害，但我就是不想让人们以为我和何晓阳之间存在什么，我不要我花了好些年想要淡忘的关系，在众目睽睽之下又重新建造起来。

在抛出宿命的命题之后，何晓阳讲述了过去的事情，当然都是胡编乱造的。我想全盘否定他，削一根形而上的竹矛刺穿他的头颅，我之所以那么偏激，是因为我知道其实他讲的一部分事情是有依据的，只是他巧妙地重组了，排列出新的意义。

何晓阳告诉他们，我初二那年，美貌的雏形就在我身上张牙舞爪，那时候喜欢我的人很多，他不敢对我告白，却也没有更好的办法去消耗掉青春期男孩的热情，于是他天天跟踪我回家，直到我提前卸下书包，钻进那道漆成绿色的镂空铁门后他才安心。他在黄昏深处失去了我，到了夜里又失而复得。

每次想到我时，他的腹股之间都会涌过一阵暖流。他和他爸爸挤在一间窄小的房间里，为了释放体内的暖流，为了让他为我凝结起的白色黏稠的爱重见天日，他会在夜里偷偷跑到厨房，想象我在黄昏中留下的背影，我那相对同龄人过于丰腴的身体，做那些见不得光却又心照不宣的事。他的体液在夜色深处喷薄而出，飞溅在煤气灶、冰箱壁、铺在墙上的报纸上，像潮湿的烟花，那段时间，厨房里充满青春期男孩制造的腥臊气味。

我惊慌地靠在椅背上。夜幕即将降临，我本应该去敲一间间房门，最终在某间房间里找到今天的小寿星，我的儿子，然后冲过去拥抱他，用我那双刚刚洗得一尘不染的手。与此同时，我不会忘记向那位把他带到这房间里的人道谢，谢谢他把我的儿子从这场闹剧的观众席上偷走。然而，我不敢离开，我不能错过何晓阳的任何一句话，就算无能为力，我也要监视着他。

在斜晖的勾勒下，何晓阳像是套上了说书人长袍，听故事的人目不转睛地望着他。人们永远对笑料充满激情，只要笑料的生产者不是自己。

他们不会想到的是，何晓阳把故事说反了，当年那个跟踪者根本不是何晓阳，而是我。

为了把那个时代从我记忆中一笔勾销，我想过很多办法，总也有略微接近成功的时候，我把真实的场景歪曲了，但促生的结局与忘却全然不同，那个虚构的场景变得更加危机四伏。而每当我反悔，企图找回故事的真实版本时，记忆总是迅速地就回到我身边。

那个人是我，我踏着藏青色的劣质步伐，在那些黄昏中鬼鬼祟祟地出没。何晓阳的背影很好辨认，即便再热的天气，他也穿着长袖校服，传闻是为了掩盖手臂上被殴打留下的伤痕。他的头发一直很长，长到足以涂改他初二学生的身份，更像一个伺机而动的摇滚明星。当然，何晓阳对摇滚没有什么野心，因此头发显然是秘密泄露的源头：何晓阳无人照料，那个家庭缺乏一个打理生活并树立规则的母亲。事实上，何晓阳和鳏居的父亲一起生活，这也算不上什么大不了的秘密，这是提到何晓阳时每个人的第一反应。

那天放学，我一如既往参与了跟踪何晓阳的游戏。我远远看见他从操场上下来，他的头发黏成条状，蒸腾的汗水在半空中凝聚成烟绘。我们走在那条熟悉得让人厌倦的路上，一团团树的影子被我们抛在身后，我们像走在一条豹纹地毯上。

那扇绿色的镂空铁门很快就出现了，如同超级玛丽关卡最后的通关之门。我曾近距离观察过这扇门，上面的油漆剥落了大半，我被它所代表的时间的变量压得喘不过气来。正当我准备离开时，铁门后面的木门里探出一双眼睛，光晕是紫色的，意味深长，我第一次见到何晓阳的父亲是以这样的方式。

何晓阳在门前停了下来，理论上我应该健步如飞继续前行，以便撇清我和跟踪事件的关系，可我当时不谙跟踪的规则，我也停了下来。更可怕的是，何晓阳朝我看过来时，我竟然如失控的机器人般朝他走去。

何晓阳问我有什么事，我说不出话。

何晓阳忽然想起什么，他问，你是不是来拿书的。

我抓住救命稻草似的点头，虽然我根本不记得有借过书给何晓阳。事后我才想起是那本书，我过去买的一本课外数学教辅。去年暑假，老师贪图方便直接复印了里面的题目给我们作为暑假作业，这本教辅书最后几页的答案就派上了用场，许多人问我借这本书，我同意后，这本书在同学们之间流转，最后落到何晓阳手里，抄完答案后教辅书的下落也就无人问津了。

何晓阳说，你进来，等一下。

我终于穿越了那道绿色镂空铁门，又把它背后的木门列入成就列表之中。天空还透着微亮，所以何晓阳没有开灯，我沉湎在日夜之间薛定谔的空间里。极其细小的灰尘如流水般往下滑，紧靠着我的是一张八角桌，我猜测好多年来它都没有坐满过。我有些头晕，似乎房间像旋转木马的台面般转个不停，神秘的奏鸣曲穿针引线般贯穿我的肢体，我快要融化了。

我没有注意到正在靠近的东西，雪白的棉花正向我飞来，钻进我的鼻翼，我渐渐无法呼吸，轻而易举就失去了知觉。

窒息与我是老朋友了，对我而言，这是降低与生活接触幅度的方法之一，所以有时我会主动去寻找窒息的感觉，比如在派对主持人组织我们玩真心话大冒险的时候。

主持人大概没注意到我的局促不安，就像张灯结彩的灯会上，没有人会注意阴沟里蠕动的肮脏细水一样。我格局迷离的内心被涨潮所吞噬，白色的海水汹涌地扑过来，彻底淹没了我，接着一丝血红在白色海水中闪过，这样的画面如此熟悉，我几乎断定我曾经见过一模一样的场景。心满意足的海水不久就改变了颜色，从白到昏黄，又渐趋暗淡，最后转为蓝黑墨水般的色调，如同黄昏到初夜。

何晓阳不是非要回答那个问题，但当时所有人都满怀期待地盯着他，其中不乏几位对他产生兴趣的女人，和陌生人共同参加派对即是奔向这样的结果而去。

“现在大家都是朋友了，不要害羞，讲讲你的第一次。”主持人又表述了一遍问题，只不过换了一种语序。

何晓阳骑虎难下，他飞快地望了我一眼，快到在日后的回忆中，我无法断定那一眼是否源于我的臆想。何晓阳缓缓开口，那天他讲的是真话，却和假话一样令人作呕。

何晓阳讲到初中的一个黄昏，出于某种机缘巧合，他的家里出现了一个女孩子，不属于漂亮的那种，也没什么特殊的魅力。

何晓阳讲几句就会停下来，喝一口水，他的描述节奏非常拖沓，举步维艰。

何晓阳让女孩等在厨房与卧室的过道里，自己进了房间，为了找一本属于女孩的书。由于十多年来家里都没什么女性角色，房间里一片狼藉，愤怒的房间吃掉过许多物品，很多东西拿回家后就再也找不到了。他逐一翻搅各个角落，暗中祈祷那本书还健在。

他在垫台灯的一堆书里发现线索，往下继续搜寻，十分钟过去后，目标终于出现了。他想起女孩已经等了很久，于是快速抽了几张纸巾，把面纱般蒙在书上的灰尘擦干净。

故障在那个时刻发生了，哪怕何晓阳用尽蛮力，门锁自始至终岿然不动。夜色悬浮起来，巨大的蓝鲸群在半空中逡巡。昏暗之中，何晓阳的皮肤上镀了一层焦虑，他握住拳头拼命敲门，瘀青如宝石花在他手上次第绽放——没有回应，某个看不见的机器屏蔽了所有讯号。

何晓阳拧亮灯，他再次全神贯注地对准门，这回他察觉到问题所在，门被人从外面反锁了。他吃了一惊，刹那间，怒火在他的下颚簌簌作响，刚才的种种挫败全都迁怒到那个女孩身上。他对着门外大喊了一声，余音被封锁在房间内部，波浪纹路般一层层地轻下去。

死寂重新笼罩房间后，他听见“咄咄”的声音从外面传来，疑似木头碰撞的声音，有规律，但不知为何令人毛骨悚然，像一把小铲子在脑子里挖一个永远无法填平的洞……

人们不禁开始起哄，以派对主持人为首，他们抗议何晓阳在这个问题上占用了太多时间，讲的还都是不着边际的内容。他们用自己的方式轰炸何晓阳，轻浮的嘘声不断在圆桌上冒出来，直到他们看见何晓阳僵尸一般的脸色。

我和何晓阳没有看对方，但我知道他在颤抖，他的声音已变得支离破碎，间歇性地走音。我强迫自己掩埋在窒息之中，我的鼻腔不断扩张，大片酸性液体即将流下来，我只好用手捂住脸，而我的双手冷得像在制冷剂里泡过两百年。

何晓阳走出房间时，他的手想必也是这样凄凉的温度。

女孩从过道上消失了，父亲占据了女孩先前的位置。父亲正在穿裤子，丑陋而异常顽强的腋毛环绕着他的手臂，就像一大片尾巴粘连的蚯蚓。父亲不停地喘气，仿佛刚做完什么极需体力的事情，喘气的声音给这个真实世界配上了一种怪诞的伴奏。父亲象征性地看了他一眼，面无表情，没有任何信息。

厨房的门微微开着一条缝，何晓阳迟疑着穿越过道，推开门时，他看见一丝不挂的女孩躺在地上。他从来没有在现实中见过光裸的女孩，活的那种，女孩紧绷的胸部散发出荧光绿的放射性光芒。

旁边是一个白色巨枕，事情的开始就起源于这个枕头，他父亲指使它闷住女孩的脸，陷入窒息的女孩变得温柔听话。如今枕头上沾染了混合液体，大部分是透明的，也有深红色的，他推测那是血迹。

何晓阳站在厨房门口，低下头，他闻到了米饭飘来的香味。

何晓阳说，虽然从生理上而言好像什么都没有发生，但他觉得自己的第一次就在那一刹那失去了。他非常确信，斩钉截铁。

人群陆陆续续地散去，意犹未尽。我的小姑子早就甩袖而去，我知道她暗中举起了刀，发誓要把所有可用的人放进复仇推进器，其中当然包括我的丈夫，她要剜下我好不容易拼凑完整的生活。

我钻进书房，书柜的玻璃反射出我被装在墨绿色连衣裙里的形象，许多扇玻璃门，无数半透明的我。

我闭上眼睛，预测今后的生活，估量这次破坏会令我蒙受多大的损失。何晓阳抬起手，掀翻了积木搭起的城堡屋顶，紧接着所有虚构的尊严都崩溃了。可我转念一想，实际上早在初二那年的夜晚，我就已经失去一切，再无退路了。

还有四年前的末班地铁上，我不知道该做些什么，我抓起头发，把它们编成麻花辫，随后又拆掉，我反复操作这无目的的举动。回到家里，我拼命擦干净镜子，又敲碎了它。

还有更早以前，我原以为自己已经再度出发的很多时刻。

我打算投降，到最后，挣扎只不过证明了命运是那样一手遮天，那些你费尽心思想抓住的东西总在一丈之外，而你想挥去的偏偏永远在那里。

何晓阳进来时没有敲门，他好像确信我一定会在这里等他。两个小时前，我还有好些问题想问何晓阳，他明明知道爱不是我们之间的隐秘关联，为什么要讲那些怪异的话？这种爆裂的方式从某种程度上缓和了他的伤口吗？

而命运又为什么多次把何晓阳塞回我身边，重播我的耻辱，让疼痛朝更深的层面扩散去，是否有某个说得通的原因。

我想不明白，我没办法把它弄明白，而现在或许也不重要了。

我们端详彼此，多年以来唯一一次没有逃避，我忽然感到魔幻的意味，我的儿子正在隔壁某个房间里哭泣不止，我的丈夫正在不远的未来做向我兴师问罪的准备，我一直以来想躲的对象站在我面前，他注视着我。

我问何晓阳，你爸爸还活着吗？

我们都意识到这个问题可笑的地方，所以我们不顾一切地笑了起来。

何晓阳走近我，他的气息窜到我四周，密密麻麻包围我。他抱住我，我们如同久别重逢的亲人。何晓阳把脸埋在我蓬松的头发里，没有多余的抽泣或抱怨，我们一动不动，何晓阳像在汲取某种力量，又像在练习忘记那些困扰他的事情。

我们进入了夜的领地，毒苹果中颜色较深的那一半，可是即便在伸手不见五指的黑夜里，也有我们看不见的鸟，擦着初露头角的树叶飞过。

May.

# 白日黑洞

我走出寝室楼时，并不是没有迟疑。

白日沉没之后，天空被一块巨大的深色帆布遮盖起来，沿街的路灯都亮了，人们从教学楼的方向漂浮过来，微弱的光把可见度调得迷离不清，人群都成了虚化的阴影。

隔着很远的距离，铁板豆腐的香气钻进我的鼻翼。这气味的源头我再熟悉不过，就在学校后门外的那个小摊上，永远有豆腐在黑色炼狱中受煎熬。有段时间，我不愿回寝室，夜里常在铁板豆腐摊边站着。小贩拿出一篮切得方方正正的豆腐，小心地摆上铁板，催促葱油在它们下方吐滚烫的泡泡。过了很久，他注意到我，便撬起一碗豆腐递给我，朝我笑了笑，仿佛想为他看破我身上的窘迫而道歉。

铁板豆腐摊的对面是一个长途汽车站，经过短暂休眠，汽车向全国各地飞奔而去。

我在售票窗口前停下，我说，“给我一张乌门的票。”

窗口里面静谧无声，我只好踮起脚，透过茶色玻璃上的小窗朝里张望。房间尽头，一个售票员正低头吃饭。已入五月，他换上了浅蓝色的短袖制服，黑色长裤套在他腿上有些短，一截藏青色尼龙丝袜露在外面。十几年前，我父亲也穿这样的袜子，菱形格花纹的。从前入夏之际，我和父亲躺在沙发上，我总喜欢用手指沿着他袜子的边线滑动。他大概也觉得痒，但他什么话都没有讲过。

售票员很快看见了我，他放下手中的餐盒，迅速转向我。我才看清对方是个比我年长不了几岁的男孩，长相有一种脆弱的清秀，他的举动中透露着局促不安，似乎时刻都在害怕自己跟不上节奏，似乎在他的内心深处，早已做好了把一切搞砸的准备。如此一来，清秀出落在他身上反而令人遗憾，尤其当我想起他那双过时的袜子时。

“出门右转，四号车。”

我从售票员手里接过汽车票，浑浑噩噩地穿行在汽车们庞大的身躯之间，可我仍然迟疑不定。

直到半个小时后，我已经坐在倒数第二排靠左边的位置，周围一个乘客也没有，最近的是离我有三排距离的一对情侣。马达开始发动，长途汽车碾过道闸口细碎的小石头。车窗外，月光把大地的边角染上层层糖霜，夜色中的芍药如粉色瘟疫，在学校外的野地上疯狂延伸，但长途汽车对俗艳的世界无动于衷，兀自往更深邃的黑夜之中驶去。

那时我才意识到，眼下的路确凿无疑，我已经失去了选择的机会。

假如你回头打量某个过去的特殊时空，你会发现，许多事情都是不可思议的，看不见的手偷偷拧紧你脑子里的发条，顷刻之间，命运之河变得浑浊而势不可挡。可是在当时，我什么都不明白，只是闷头往一团雾气里撞，怀着终有一天能穿过它的天真希望。

我大三那一年，在一个被粉色芍药攻陷的广袤黑夜里，坐上了长途汽车，去乌门找一个叫上官峰的人。

恰逢周末，我本该搭校车回到市区，重新栽入我母亲监控下的生活，可我偏偏做出了截然不同的决定。那天夜晚的高速公路昏昧无光，长途汽车积攒一车疲惫，无声无息地向前行驶。我松散地靠在座椅上，偶尔，颠簸迫使玻璃窗推开我歪斜的头。想到自己每一秒都在靠近上官峰，我忽然产生一种奇妙的错觉，像是我正坐在一台逆行的时光机上，逐步回归我初识他的时刻。

我们曾经想要相同的东西，我的需求更迫在眉睫，但这起不了什么作用。

那是一本叫《文物》的杂志，1974年第一期，那期做了一个专题，关于1972年发现的和林格尔东汉墓的整体考据。和林格尔东汉墓很荒僻，在网上几乎找不到它的资料，我搜了很久，所有的关键字都指向这一期《文物》杂志的目录。

当我总算在旧书网找到剩余的一本时，卖家却告诉我，杂志前一天已经被人预订了，那人把1974年全年十二期全部买走了。我费尽唇舌，卖家怎么都不肯把杂志寄给我，只答应给我一个买家的联系方式，让我们自行协商。

我对着屏幕发呆，直到一行行信息跳出来，我看见那个神秘的掠夺者叫上官峰。

我本可以打电话给他，但某种久远的桎梏使我跨不出那一步。没有任何缓冲，我必须当下做出反应，这种即时能得到反馈的交流方式令我惶恐。我害怕自己不知该讲些什么，我害怕自己假笑到一半，忽然失去继续伪装下去的意志。

大约两天后的清晨，趁室友出门晨跑，我迅速给上官峰写了一封信。具体内容已经记不清了，大致是告诉他，我这学期选修了一节壁画研究课，期末考试要求学生写一篇壁画考古的论文，我选了和林格尔壁画，但因缺乏资料陷入了瓶颈，如果可以的话，请他把杂志借给我看几天，写完论文我会寄还给他。为了表达感谢，我还随信放了三张从学校门口小摊上买的明信片。

回信在一个月后才出现，那时已经完全没有必要了，而我也接受了石沉大海的结果。宿管叫住我，丢给我一个白色的信封，邮局常见的那种，右上角贴着黄腹角雉鸟的邮票。那个叫上官峰的人没有向我解释延迟回信的原因，听他的口吻，仿佛他昨天才收到信，当中阻隔的一个月根本不存在。他说，收到那套杂志的当天，他就把它们全部寄给他父亲了。他父亲过去是大学历史系的教授，那些杂志对他而言有特别的意义。

在那封信里，一定有某些话触动了我，使我不得不继续给他写信。

坐在前排的女孩企图和男孩聊天，她讲话声很轻，像黑夜里扬起的一束银针，传到我耳边只剩下一些琐碎的词语。男孩睡眼惺忪，间歇性地做出一些回答。他们在讨论去年在某个水乡旅行的事情，女孩在那里丢过一个手机，报警后迄今音讯全无。在他们不曾知晓的时刻，我悄悄潜入他们共有的记忆，同时暗藏着一丝狩猎般的狡黠。然而，记忆的丰硕羽翼通常只在宿主身上展现，女孩曾经为失去手机而滋生的失落情感，在我听来只是一些麻木的字句。

我很快感到索然无味，重新把注意力集中在上官峰的那封信上。

一条橘红色的隧道拢过汽车，道路被迫分了层次，光和阴影交替从身上划过。各种光源扫得我眼睛生疼，就像有一盏巨型救护车灯紧贴着我的脸。当似曾相识的焦虑攻占我的身体时，我突然想起来，在上官峰写给我的第一封信里，他讲过，他的父亲正住在一个特殊的疗养院里，里面都是老人，但相比养老院而言，它更像一个精神病医院。不知道为什么，在那种紧凑的焦虑中，我竟然感到一种隐晦的甜蜜。

我们穿过隧道后，新的黑暗娴熟地衔接过来。前排情侣渐渐低声，我在睡眠的边缘挣扎，稍微恢复意识时，我发现自己正闭着眼睛，面部肌肉是松弛的。我想起从前在葬礼上见过的人们，有些凭借衰老移到了生命尽头，有些则还年轻，但他们有一个共同的特点：所有人的皱纹都很明显，假如没有某些看不见的东西支撑，面部肌肉的松弛度将暴露无遗。如果他们当时还能够分泌体液，口水一定会流下来，像洋槐蜂蜜一样黏稠齁人。

想到这里，我强迫自己笑了笑，以便确信我还具有控制肌肉的能力。

我母亲打了电话来，手机显示是八点出头，瞌睡虫被不慎没调轻的手机铃声彻底驱散。

“你到哪里了，怎么还没回来？”

我回答不上来，我在正在迁移的阴云之中。

“等你吃饭等到现在，一天到晚只知道给别人添麻烦。

“说话呀。”

她还活在那个手机信号永远欠佳的年代，对着听筒喊了几句仍没有回音后，她挂掉了电话。不出一分钟，她又打过来。我一接起电话，就听见她发泄性的嘶吼。

“这个礼拜不回来。”我说。

其实我原来打算再也不回去的，我独自踏上投奔上官峰的路，背包里除了装着一沓上官峰寄给我的信，还有一粒扣子。十多年前，在我父亲葬礼的那一天，趁着没人注意，我从他寿衣的袖子上扯下来的一粒盘扣。我曾经以为它含有某种寓意，好像我从一片灰烬中留下了什么值得纪念的东西，后来才逐渐明白，它只是一粒普通的扣子而已，甚至是我作茧自缚的凭据。回过头看我才发现，自己当初想留下些什么，并不是出于对父亲的感情——我对父亲也没有太深刻的感情，而是出于自己的贫瘠，出于对失去的恐惧。至今还带着这粒扣子，只是因为我已经习惯了对它的收藏，过去长期的愚昧信念把它变成了我生活的一部分。

“不回来是什么意思？”

我想说我不是这个礼拜不回来，我再也不会回来了，可我说不出口。

我母亲开始骂脏话，我在家经常听到的那些。很长一段时间，我锁上门，蹲在写字台边，抽泣，或者处于一个完全内陷的状态。写字台底下堆砌了很多旧报纸，在我没注意到的时候，报纸散落下来，灰色的蠹虫填充了腐蚀过程中的细枝末节。我盯着腕上的手表，表盘上的那只企鹅和我面面相觑，奇怪的是，我总是无法准确地读取时间。痛苦，或者说仅仅是困惑，让时间以非线性的方式流逝。这一幕可能发生在被折叠过的过去，又或许就在几天前，同时也不能排除它只是一道预言，它在未来的某个时间节点上等我，而我自始至终都不能摆脱它。

在母亲的要求下，读大学时，我每个星期都回家。上个星期回家时，我的母亲坐在家门口，掉漆的红色小板凳在她身下吱吱作响。母亲交叉着双腿，黑色丝袜被钩破的洞露在外侧。一堆妖艳的火在母亲面前扭动，大火之中，银色的锡箔纸变为灰尘。

那天是我父亲的忌日，我母亲叫我过去，看她的样子好像已经在那里等了我很久，母亲说，“他再坏也是你爸爸，来上炷香。”

我当然顺从了母亲，可是我并不觉得我父亲哪里很坏。坦白说，由于父亲去世得太早，我对他的印象已经很淡薄了。好多年里，母亲反复给我灌输父亲的恶行，只是她前后逻辑矛盾，讲的都是一些天马行空的事情，让我很难真的相信。我不知道母亲为什么非要给父亲塑造一个恶劣的形象，但母亲憎恨父亲是千真万确的。我隐隐感到，母亲把我当成复仇工具，假如我认同她，她就会有复仇的快感，当然这只是无聊人生中的一场自欺欺人而已，我们都是复杂而扭曲的几何体。

我总是假装认同她，我没有第二种选择。

如果我不站在她那一边，和她共同对抗那个已经死去的敌人，我就会成为她的敌人。

即便在我父亲还活着的时候，我母亲也树敌无数，父亲这边的亲戚没一个喜欢母亲的。在我上幼托班时的一个儿童节，我的两个姑姑带我去游乐场，回来的路上，我们都精疲力竭，便叫了一辆出租车。

那天我坐在前排，安全带紧紧箍住我窄小的身体，令我喘不过气，而我的姑姑们在后面轻声地讲话。其实一切都是有征兆的，比如提到我母亲时，我的姑姑们总是很轻蔑。如果我能更早一些变得敏锐，也许我自己也能察觉到一切的来龙去脉，就没必要从别人嘴里听到这些事。

我的父母并没有什么美好的爱情故事。有段时间，我父亲经常出入一家叫化工俱乐部的舞厅，我的母亲在那里当舞女。认识我母亲的时候，父亲早已结婚，他的妻子是过去纺织厂的一个下岗女工。他们先后有过两个孩子，一个死于三岁时突然暴发的肺结核，另一个刚生下就泛着青色，没过多久就死了。她们说我的父亲当时走火入魔了，硬是和那个下岗工人离婚，然后娶了我的母亲。那时流行一个词语叫“姘头”，我的姑姑们用这个词语指代我的母亲。

我的姑姑们以为我睡着了，肆无忌惮地散播着她们过于厚重的疑心，她们怀疑我不是父亲亲生的孩子。“大概是哪来的杂种。”她们笑了起来。

安全带真的系得很紧，不管过去多少年，对于五脏六腑快被勒出喉咙口的感觉，我仍记得一清二楚。我不知道怎么应对这样的场面，当然不敢回头，我从小就是那种胆小怕事的人，于是干脆闭上眼睛，装作自己在睡觉。过了一会儿，有个姑姑伸手来拍我的肩膀，我故意打了个哈欠，假装刚从梦中醒来。

我过去不相信那些谣言，直到父亲死后的第二个冬天，我和母亲路过那家俱乐部，撞见了一个母亲旧日的朋友。那个男人穿着皮衣，吸烟后呼出的白色气息格外浓稠。他小跑过来和我母亲搭讪，问我母亲，你现在恰恰还会跳吗？我看见他说到“恰恰”时挤眉弄眼的样子，忽然想起几年前在出租车里，姑姑们那句刻薄的揣测。

每长大一些，我都会重新想起这句话。我怀疑过自己是否不是父亲的亲生女儿，不过这并不重要，我逐渐忘记有关父亲的许多事情，也丧失了一种对私密的爱的渴求；再后来，我开始怀疑那时姑姑也许知道我其实醒着，却故意要讲出这些话，好挑拨我和我母亲的关系，把一个巨大的钟罩甩入我的童年。

我的母亲从来没有正面给过我任何答复，当然我也只问过一次。母亲当时正在洗衣服，她端起盛满衣服的塑料面盆，往我身上泼来。我现在还记得那个脸盆是蓝色的，当中画着三只卡通小鸡，可能是某部动画片里的造型，但我也说不准。我摘下眼镜，因为浑身是水，根本找不到什么地方可以擦眼镜。一件花连衣裙黏在我身上，就像一条湿润的毒蛇。我后退了，应该是哭了，带着咸味的眼泪流下来，掺杂进我全身的肥皂水中，很快就被稀释，而那已经是十年前的事了。

当我把三炷香插进父亲遗照前的米坛上时，我都还没确定自己是不是父亲亲生的孩子。眼前的男人死在一个酗酒的夜晚，死因在于心脏病发作。我不知道喝酒怎么会诱发心脏病，我一点也不想弄明白细节。

香烧尽后，灰落在白色米粒上，一部分渗进了缝隙。母亲急切地收拾好一切匆匆出门，远远地，我看见楼下站了一个穿黑衣服的男人，我的母亲正朝他走去。

在写给上官峰的信里，我提到过死亡。

青少年时期，也许因为我对痛苦的认知很浅薄，死亡是我时常琢磨的命题。我觉得死亡这种状态很美，它意味着你重新变成了一个自由的人，那些背负不了的责任、完成不了的目标、户口本里强加的亲人的名字，那些烂尾楼、选错的支线，都可以一笔勾销。

我小时候经常做一个梦，梦中我经常来到一个诡异的场所，周围是形形色色的人。在我的印象中，那个地方就像个阴暗的山洞，人们变成多少有些不同的样子在里面进行狂欢派对。后来我意识到，那就是当时我对死亡的理解。现在，我已经有了新的认识，可怕的不是有千万种难题得不到解决，而是我在漫长的折磨之中，失去了解题的兴趣。我甚至都不在乎这些题目的对错了，一切都不再有意义。

此刻，我的计划是坐汽车到乌门，前往那个我寄过很多信的地址，找到那个叫上官峰的人，从此以后跟他一起生活。我大学还没念完，但是我已经学到了足够多的东西，一定有办法找到养活自己的方法。我没有提前在信中和上官峰说这些事，其实我也没有把握他会接纳我，不过不要紧，即便他拒绝了我，我也可以再找其他出路。如果真的到了走投无路的地步，我就去实践从前策划过的种种死亡。

正当我试图复述过去的那些死亡画面时，汽车忽然停了下来。

我被迫睁开眼睛，像在夜色中猝不及防摇响的铜铃。车窗外，熟悉的橙色灯光从半空中滴下来，渗入崎岖不平的水泥地里。除了正对面的一辆红色小汽车外，四周看不见其他的东西。司机按响了喇叭，似乎想唤醒车里的人，把我们从车厢里赶出去是他最后必须履行的义务。

司机说，“都醒醒，下车了。”

我从司机身边的台阶走下去时，对此刻的状况还不清楚。我试探性地问，“不是明天早晨才到吗？”

司机一边咽下喉咙口的茶水，一边笑了起来，露出两颗参差的门牙。他看上去并不明白我的问题，但我无法控制的迷惑让他感到可笑。他朝我挥手，示意我快点下车，一边拿起手边的玻璃瓶，紧跟着我跳下车。关上车门后，司机很快消失在层层阴影之中，只留下我呆若木鸡地站在路灯的监视之下。

突然之间，汽车前方打印出来的塑料牌落入我眼中，直到此刻我才抓住问题的根源。这个地方是乌镇，与我本来打算投奔的乌门相差一个字，以及十个多小时晕头转向的车程。

我把手伸进书包里，摸索到钱包时稍微放心了一些，然后我朝着灯光密集的方向快速走去。我一直往前走，前方的光线越来越明亮，直到跨过印着“乌镇”二字的牌坊，我才如梦初醒，我的确到了一个毫不相关的地方，并且从一开始就错了。

大约四五年前，我在一本旅游杂志上看到过乌镇，大段描述落在彩页纸上，旁边配的是茅盾故居附近的图片，穿过几座门廊，一条仿佛永远流不完的溪水斜躺在拱桥之下，成为连接所有命运的纽带——这是我对乌镇的全部认识。

然而等我真的来到这条河上，我根本分不清哪座才是当时在图册上看到的桥。桥梁如此密集，而且相似，每一座都可以成为另一座的替代品。大概因为已是半夜，最后一个小贩担着空落落的扁担走远，桥的两侧几乎没有人，只有孤独的光微微摇晃。

就在我当天出发前的某一瞬间，也许就发生在我从教学楼走到长途车站的路上，我还暗中期望一场合理的死亡把我带走，把我的母亲也带走，我希望我们各自从世界上消失。可是我乘错了车，一切都变了，我忽然意识到不能轻易地对事情下结论，我感到精疲力竭。

实际上，之后的那些年里，我和我的母亲都没有死去，我的母亲甚至活到了很久很久以后。

昨天夜里，我回到我们以前住的老房子去探望她。经过漫长的抗争，我早就从那间房子里搬出来了，我的母亲还留在那里，年迈迫使她无法做出别的举动。隔着门缝，我闻到了艾草的气味，这几年我的母亲很迷信中医式的治疗，房间里时常弥漫着浓厚的药味，但她身上有一些病症总是调理不好。

母亲非常开心地告诉我，她吃了枸杞，现在不用放大镜都能看见报纸上的小字，可是我只能怔怔望着她那副永远过于夸张的表情，我没法知道她说的是不是真的，我甚至不知道她是不是在吃枸杞。

母亲还问我，有没有多余的眼霜可以给她用。

我说，单位里有一瓶，下次拿过来，如果着急的话寄过来也行。

她紧张地补充说，慢慢拿好了，不要拿太贵的，十几块钱的就够了。

我说，哪里有十几块的眼霜。

母亲忽然很遗憾的样子，好像我们生活在一个不可理喻的世界。我打量着她，我的母亲正穿着一件玫红色的丝质连衣裙，上面配有大色块的含羞草花纹。其实我们都明白，她已经到了花枝招展反而会显得卑微的年纪，可我们都无法摆脱过去的惯性。

我们吃完简单的饭，和从前一样，母亲烧的番茄炒蛋里仍然有捞不完的碎蛋壳，而糖醋排条则太过甜腻。工作以后，我回来的次数很少，奇怪的是，母亲很少再提到父亲，取而代之的是，她会为和我没什么关系的小事喋喋不休，也有一些时候，我们只是面面相觑地坐在一起，像两瓶静止却又满怀泡沫的啤酒。

在我帮母亲收拾洗碗的时候，母亲拿着一沓信走过来，那是她不久前整理书柜时发现的。她小心翼翼地问我，你以前给别人写信的啊？

我没有回答，也没有回答的必要。见我不说话，她把一沓信放在水池边的柜子上。这里的每封信都曾让我欣喜若狂，如今那些本白色的信封上，已落下褐色的斑点，意味深长的霉味毫不客气地扑向我。

我随手拆开一封，熟悉的字体从时间的裂缝中出土，一种莫名其妙的悲怆笼住了我。

小姑娘：

我愈发怀疑有人在监视我的通信，半空中有我们无法想象的眼睛，否则不至于每封信都要流转这么久才送到我手里。

你在上一封信里讲到你的母亲，不管你是否相信，我能明白你的感受。只是有一点你讲错了，你说你永远无法原谅她，但实际上，人们每一刻都在背道而驰，并没有人需要原谅，也没有人能够被原谅，这是我们不能选择的事情。

我想说的是，所谓幸福都是一些短暂的碎片，每个家庭都怀有各自的蛆虫，剩下的大部分时间，我们都在被迫和这些阴暗湿润的无脊椎动物斗争。不知道你是否还记得，我最早和你提过我的父亲，那套《文物》杂志就是给他买的。他在一家全封闭的疗养院里，每天早晚在护理工的逼视中吞下五颜六色的药丸，据说那里的生活节制又刻薄，但他不准备再回到外面的世界了，他已经决定那里就是他的尽头。

四年前的一天，我父母跟朋友开车去杭州玩，后来撞车了，我父母坐的那辆车冲出了高速公路，翻倒在栏杆中。当时事情闹得很大，说不定你在新闻里也看到过。我的母亲和他们的朋友当场死了，而我父亲遇到了罕见的走运时刻，只是额头受了点轻伤，最终孤独地活了下来。

可是，你知道发生了什么吗？

在车翻转颠簸，死神吹着气从他们身边掠过时，我的父亲戳中了我母亲的眼睛。我父亲左手的食指，直愣愣地刺向母亲的眼珠，混合的液体迅速溅到他们彼此身上。因为车祸，我的母亲不久就死了，也许还没来得及反射疼痛，但我的父亲却被留在了这个黑暗的世界上。即便到了现在，他还是时常想起眼珠爆裂的感受：他的手指不可控制地往母亲的眼眶里塞，那里好像有个黑洞在吸他的手指。

我的父母生我很晚，现在我父亲年纪不小了，不过他是个精力旺盛的人，此前总显得好像只有五十几岁。在发生这件事后，我的父亲整个人都腐朽了，某种正向的抵御能量从他体内彻底蒸发。他每一转头，都会撞见我母亲眼中隐匿着的黑洞，那个黑洞正将他的全部生活往里面吸。

有一天我去疗养院看望我的父亲，那是恰逢桃树结果的时节。我的父亲站在院子里的一棵桃树边，直挺挺的像一尊石像。护理工说，入春以来，父亲病情日益加重，现在已经神志不清了。他彻底失去了意识，他以为自己是那群往树枝上爬去的虫子之一。我凑近去看那排生生不息的虫子，它们无比细小，看不清四肢蠕动带来的位移，只有一道道青绿的荧光色证实着它们的存在，那是它们的身体。

我的父亲对我视而不见，他的眼睛空洞无神，他只想着快些跟伙伴们爬到树顶。在我回来的几个星期后，我忽然明白，其实父亲很满足，他终于漂白那个黑洞重新开始了。

写到这里，我的偏头痛又发作了，仿佛有几十个螺丝钉在往我脑子里拧。为什么非要在信里告诉你这个故事，我其实已经不太清楚了，大概是想给你一些安慰。人们会有许多自私的、荒诞而不可理解的行为,也许他们只是为了重新开始,在他们还有机会的时候。

对于我们而言,也是一样的。

如果哪天,我让你感到困惑了,或许也是这个原因。

祝一切顺利!

上官峰

离开母亲的房子大概是十点出头,夜色像一把向外扩张的铃兰花束。附近的店铺陆陆续续打烊,只剩两三家小吃店还在黑夜之中仰着头。在我视野不能及的地方,一些麻将牌发出碰撞的声音,粗哑的女声在窃窃私语。

我穿过狭长的小路,一边反复回想上官峰的信。重读那些过期的信件,我惊讶地发现了旧日未曾察觉的疑窦,上官峰常在信件中提到一些多余的视角,包括那种虚空的压力,以及监视他通信的人,我意识到,上官峰向我隐瞒了什么事情。那么多年过去了,我无法再回溯过去问他究竟,可我还是想弄明白事情的来龙去脉,在我不知情的情况下,我到底受过什么伤害。

过街天桥的边缘有一圈黄色的灯泡串,我站在天桥上,下方陷落的隧道牵制着我的视线。高峰早就错过了,仍然有不少汽车钻进隧道,里面的黑暗被飞驰而过的汽车所激荡着。

我蓦地想起,在我很小的时候,父亲带我去游泳池的场景，当时水面上也有这样令人费解的波纹。我怔怔凝视着蓝得近乎脆弱的水面，父亲则在边上帮我吹救生圈——那时候一切都很落后，人们靠手工解决了大部分事情。上一次提起这幅画面，还是在我大学时代给上官峰写的信里，我记得我说，看着那个干瘪的圆环鼓起来，我感到父亲体内的气体被抽干了，但这并不能说明什么，这件事并不能在我糟糕的家庭记忆中敲击出新的火花；唯一真切的情感，只有那背后深不见底的迷惑。上官峰回信说，他理解我父亲的心情，因为他是在黑色恶波中吹救生圈的人。

黑夜收缩起来，一种不同于过往的荧光绿在隧道口蔓延开来，我忽然灵光一现。

某一天清晨醒来时，毫无铺垫地，你抓住了至关重要的线索，它带有一种启迪性，然后所有的事情都变得清晰，它们被串联起来了。

也许和我通信的人并不是上官峰，而是那个被黑洞所困扰的父亲；又或者，上官峰根本不存在，父亲只不过是分饰多角的独角戏演员。

只是这一切都不再具有被证明的可能性，潘多拉魔盒的钥匙被丢进了大海深处。在大三的那个夜晚，我险些触摸到真相，可还是在关键时刻偏转了方向，秘密被重新包扎，疑云重重。

我问自己，如果我早十五年想到这些，我会原谅上官峰吗？

我说不上来。

上官峰一直避免提原谅这个概念，也许因为他比我多经历了好些年，他早就看清了那个适用于所有事件的结局：很多人，很多事，到最后都没有获得原谅；时间不会让罪恶与谎言得到宽恕，时间只会让它们失去被原谅的必要性。

就像过去我们从来不曾料到，我和母亲坐在饭桌前，厨房间的油烟遗迹喷洒在我们身上，皱纹把我们的面孔复杂化，但我们却那样心平气和。假如我们之间最终产生了平等，那只是因为，对于我们关系的定义已变得不重要，我们都被时间放逐了。

我想起下午早些时候，我在母亲家里替她打扫阁楼，顺便整理出一摞准备带回家的书。其中，有一本书我非常喜欢，是一个加拿大作家的短篇小说集《好女人的爱情》。我的母亲对着它打量了许久，脸上的褶皱轻轻起伏，一番欲言又止之后，母亲终于略带困惑地问我，“你想做个好女人？”

我摇了摇头，一瞬间，发笑的欲望如刹车失灵的交通工具，笔直而迅猛地在我的表情里横冲直撞。这种无法解释的无厘头幽默感，大概就是我们最后的存粮。

Jun.

# 百合学家

大学毕业那一天，我们站在操场上，知了歇斯底里地大喊，日光从无云的天空中跌下来，落到我们身体上时已成了发光的碎片。忽然，车开进来了，几百套学士服由服装租赁公司运到学校，其实我们对那些循环利用的学士服并没有多大兴趣，可我们还是一拥而上。

那是我第二次戴学士帽，我第一次戴学士帽时还在上幼儿园。

那天我生日，我的父亲用装苹果的硬纸板箱给我做了一顶学士帽。十多年前，我们还住在老房子里，可能因为朝向不好，即使在白天，房间里也总是散发着幽暗与湿润。我的父亲打开长条形的日光灯，沿着直尺在纸板上画一些几何图形，不久又用上了那把生锈的剪刀。我蹲在红色的椅子上，眼看着剪刀裁过纸板上红得失真的苹果图片，把“红富士”三个字一分为二。

我问父亲，“好了吗？”

反应迟钝是我父亲的特点之一，我只好耐心地等待他的回应。那也是夏天，我们家是那条街上唯一有钱买空调的人家，但除非有客人来，否则我们从不开空调。我看见汗水从我父亲稀疏的头发间蒸腾出来，他慢慢抬起头，咧开嘴说，“快了。”

最后一个步骤是涂颜色，我父亲从塑料袋里翻出两支黑色的记号笔。前一天的夜里，母亲刚因为这两支笔与父亲吵架。苛酷的生活让我的母亲长成了一只敏锐的鹰隼，家里多出任何东西都逃不过她的眼睛，父亲解释说，没有浪费钱，笔是从单位里偷偷拿来的。母亲并没有因此停止愤怒，她像年久失修的机器人般不断发出噪声，她说，家里这么小，要这些乱七八糟的东西做什么。那一定是九点以后的事，母亲为我设定的睡觉时间是九点，他们吵架时我已经躺在我们搭出来的那个小阁楼上了。

父亲过于粗糙的手握着黑色的记号笔，起初他涂得很仔细，确保黑色覆盖了整块面积才涂下一块区域，最后不可避免的事发生了：记号笔吐出的黑墨水越来越淡。父亲脸上浮起了我熟悉的表情，他眼角深深地垂了下来，抿起了原本就很薄的嘴唇。结果，父亲只能把一个半成品交给我。父亲说，“笔都放得太久，干掉了，帽檐后面那块就不涂了，反正也看不清的。”

父亲为我戴上学士帽，让我靠五斗橱站着，拿起那台老式胶片相机给我拍了照片。等几天后照片洗出来，我才发现照片拍得很暗，我站的姿势也很难看，仿佛立刻就要顺着橱壁滑下去似的，而我的嘴角甚至还沾着零星的奶油。不过，在拍照片的那一刻，我什么都不知道，只是觉得非常骄傲。我的父亲小心翼翼地放下相机，走过来拍拍我的头说，“以后一定要上大学。”

我的父亲当然不知道，在将来的时代里，几乎人人都能上大学，学士帽被归类为不值一提的形式主义。我们戴上学士帽，在操场上排成三列，摄影师带着不合时宜的兴奋指挥着我们，我们笑了，牙齿尴尬地露在双唇间。

就是在那天下午，那件事发生了。辅导员打电话来，让我不用参加晚上的毕业典礼了，快点回家。

我拖着行李箱坐上班车，班车很快在高速公路上飞奔起来。夏天的征兆越来越清晰，烟雾从远处的小房子里冒出来，把野花拢入怀里，路边的杨树日夜潜滋暗长，薄绿色的叶子在风中摇头晃脑。所有景致都瞬间即逝，我闭上了眼睛。

一个半小时后，我回到我和母亲居住的小区，警戒带把人们隔离在小区外面。我一时不知道发生了什么事，只想快些在人群中找到我的母亲，可是天渐渐黑了下来，夜色把每个人的轮廓变得更模糊。我拖着笨重的行李箱绕小区周围走了一圈，警车、救护车、救火车上闪烁的红灯令我头晕目眩，我穿过杂交的光芒，穿过不知从哪里喷出的热气，穿过人们的窃窃私语，我隐约听见有人提到了我母亲的名字，但我始终没有看见我的母亲，我感到胸腔中的气凝结了起来，外面的世界进入静音模式，我的耳朵里灌满我心跳的声音。

后来，有人告诉我，我的母亲是个英雄。

我想对方一定是在开玩笑，我的母亲怎么可能和英雄沾边。然而，那人哭了起来，喉结上下起伏着，他哭得那样诚恳，我几乎从停在他脸颊上的眼泪中看到了火灾重现的场景。

那段时间，我每天都在收集报纸，想从形形色色的报道中拼凑出母亲生命末尾的时光。我反复读那些报道，有时候还会念出声来，我尽可能剔除每篇报道中的添加剂，以便还原母亲真实的死亡版本。做这一切的时候，我并没有感到强烈的悲伤，只是伴随着生理上的一种不适，好像体内有一对鼓槌规律地敲打我的内脏。

起因是小区附近的工地施工时不慎弄破了天然气管道，天然气像越狱的囚犯般心花怒放地四散开来。据说，我的母亲是第一个闻到气味的人，她上上下下跑了好几次，问邻居是不是也闻到了气味。在邻居们眼中，母亲的形象是一颗黯淡的远星，人们说她斤斤计较，常年带着一种妄想式的敏感，他们把这归咎于母亲早年丧夫的缘故。当母亲心急如焚地问他们是不是也闻到奇怪的味道时，邻居们都以为是母亲神经过敏的又一次发作。事后，有人形容母亲当时的样子，那人说，她好像疯了似的上蹿下跳，她让我们出去，她说要出事了……在这栋老旧的多层建筑里，唯一和母亲一样敏锐的只有明火。明火迅速发现了弥漫在整栋楼里的天然气，像是一颗巨型鞭炮被点燃，爆炸就这样发生了，火焰一气呵成蹿到了楼顶。

爆炸发生的时候，母亲其实并不在楼里。她正惴惴不安地坐在石子路上，身后是一堆无人理睬的运动器材。她本想去找物业，可邻居们的不屑让她不禁怀疑这是不是自己的幻觉，灾难还没有发生，她已开始全身发抖。就在那时候，“嘭”的一声巨响，邻居们终于相信她了，爆炸声盖过了人们的尖叫。

救火车很快就来了，但不及火势蔓延得快。人们拼命往外跑，他们的形象在爆炸的那一瞬间被固定了，跑出楼时有人纽扣扣了一半，有人手里攥着牙刷，有人嘴里的桃酥饼还没咽下去。据说，我的母亲在人群里东张西望，大声地告诉周围的人，六楼的老杨还没出来，703室那家人也还困在里面。母亲说，快去把他们救出来啊。

最后，母亲自己冲进了火场。

她再也没有出来，她成了报纸里广为宣传的一名英雄。那几天，新闻中也经常出现母亲的名字，女播音员佩戴着一贯肃穆的表情，她简单概括了母亲的生平，讲到母亲在丈夫死后独自承担起家庭，讲母亲一生清高如百合花。她的语调充满职业性的悲痛，那腔调仿佛哀悼我的母亲是眼下全国人民应当做的事。

我颇为费解地对着电视，新闻把我的母亲塑造成了不起的人物，这反而让我无动于衷。许多观众也许因此向我的母亲支付了短暂的感动，可我，坦白而言，我甚至还没有原谅我的母亲。

一个人是否有权利原谅自己的母亲，在那些夜色黏稠的晚上，我总在想这个问题。我把脸蒙在被子里，这是我从小养成的习惯，我所呼出的气体挤在封闭的空间里，像我生命中那些挤作一团的时光。然而，无论原谅与否，所有事情都是顺流而下发生的，根深蒂固的裂痕也不会有再次修缮的机会。我原以为时间的流逝多少会消弭一些憎恨，事实上，我对母亲的情感确实有了变化，却并非像我想象的那样变得更融洽，而是更趋于一种僵化的冷漠。多年以来，尽管我们住在同一间房子里，但我们的交流仅限于浮于表面的日常性事务。

每当母亲试图越界时，我都会想方设法让她明白那是不合理的。父亲死后，我们相依为命的十多年，只是重复在一个关于生活的数学公式中过滤罢了。

父亲去世的前一年，我们终于从那间窄小的房子里搬了出来，住进如今这个小区里。新家虽然也是老房子，不过比从前的房间宽敞了许多，我还有了自己的小房间。我们住在七楼，老房子没装电梯，只能一层一层地往上爬。大概出于对新生活的憧憬，我每天一鼓作气就跑上了楼梯，疲累感从未俘获过我。

那一阵子，母亲也显得很高兴。我们丢弃了那台只有八个频道的旧彩电，三个人凑在一起研究如何使用新电视的遥控器。我们买了带拼图的海绵地垫，在那种幼稚的潮流上打滚，我们甚至花了一下午把海绵垫上的水果拼块一片片剥下来，又重新装回去。躺在海绵垫上，我们被短暂的错觉欺骗了，仿佛大人们并没有把徜徉在我们旧生活中的愤世嫉俗带过来，我们忘记把它打包了。

我的父亲再度养起热带鱼，氧气泵成天在鱼缸顶部嗡嗡作响。母亲走到鱼缸前，那种叫“红绿灯”的鱼木讷地穿梭在金丝藻之间，她盯着其中一条，十秒过去了，她微微张开嘴，我以为无法抑止的责骂将如喷泉般冲出这条常用通道，可她只是皱着眉转过身去，母亲竟大度地容忍了这种噪声。

到了周末，我穿上视若珍宝的红色胶底鞋，跟母亲一起逛花市。那一年襄阳路花市还没有关门，几十个铺位塞满了盛放的鲜花。花贩们撸起袖子，夸张的叫卖声从他们干燥的喉咙里涌出来，他们千方百计地想留住路人的目光。母亲牵着我，挨家挨户地看过去，姹紫嫣红之中，母亲最喜欢的是百合花。母亲问花贩，百合花多少钱一枝？她一讲起话，无意间就露出那副一贯精明的面孔，其实母亲心中对百合花的价格是相当清楚的，最便宜的也要十元一枝。那个年代，玫瑰只卖一元一枝，买百合花属于十分奢侈的行为。有些花贩见母亲常来询价，但一次也没买过花，态度渐渐不客气起来。在我的印象中，母亲从来没有买过花，却和襄阳路花市里好几位花贩吵过架。她吵起架来那样凶猛，就像视死如归的勇士。

和襄阳路市场的花贩决裂之后，母亲带我转战文化广场，那边多是花店，只要不进门，老板也不会发现我们常过来看花。我们趴在玻璃橱窗外，花香如此通情达理，透过门缝悄悄溜进了我们的鼻翼。我问母亲，“我们为什么不能买花？”

“买什么花，房子贷款怎么办？你读书不要钱吗？吃饭不要钱吗？”母亲瞪了我一眼。

在某次翻越七层楼梯后，我打开家门，扑到厨房打算找点食物。出人意料的是，我竟看见那闲置许久的蓝玻璃花瓶重新放在了桌上，几枝百合端庄地站在花瓶里。母亲见我呆立在门口，得意扬扬地告诉我，那是假花，二十元可以买一大束，她和摆摊的小贩磨了十分钟，最终只花了十七元。

到了寒假，我突然开始长高，校服穿在身上有些捉襟见肘。我坐在不足六平方米的房间里，随手摆弄四年级教材和寒假作业，不请自来的风越过窗框，抚弄我的头发就像在翻一本书，收音机里流淌出熟悉的一首很老的英文歌，我不知道歌词在讲些什么，却微微感到悲凉。眼前是命运的预兆编织成的谜语，而我只当是年少时一场迷幻的白日梦。

那年冬天没有下雪，倘若下过，我一定会记得。小年夜那天，母亲坚持让父亲出车，说可以领三倍工资。我的父亲是卡车司机，经常拖着货物辗转在目的地之间。父亲曾带我去过一次单位，他把我安顿在门房，自己像个转动的齿轮飞速滚向卡车。当他出现在驾驶座上时，我感到卡车里溢出酸液把他整个人生都消化了，那一瞬间，他所有其他身份都丧失殆尽，他的肉体和藏青色的工作服连在一起，化作浑然天成的卡车司机。我吞着可乐味棒棒糖愣住了，驾驶座上的人看起来那样陌生，好像我们正处在两个不同的平面中。我想和他打招呼，可我发不出声音，便眼睁睁地看他开着卡车碾过地面上黄色的线，义无反顾地将大门丢在身后。

话虽如此，我的父亲绝非那种热爱工作的人，他只是善于顺从，这使他看起来温和而没有雄心。因此，母亲像把机关枪似的反复催他小年夜出车时，不出意料，父亲缓慢地同意了。那段对话发生在鱼缸前，母亲获胜离开后，父亲叫了我一声。我赤脚跑过去，冰凉的木地板在我脚下发出吱吱的声响，父亲说，“你看，那条鱼死了。”

我使劲把脸往鱼缸玻璃上贴，但我对鱼类并没有特殊好感，只是想做些让我父亲开心的事。那条死去的鱼浮在鱼缸上方，它腹鳍附近破损了，几根细弱的白色绒线从它肚子里探出来。好久之后，我才从书里弄明白，那些伤口是被鱼缸里其他鱼咬的，鱼总是会吃掉死去的同伴，这是鱼类的习性，可在那时候，我什么都不懂，还以为鱼死后器官从体内流出来是很正常的事。我转过脸打量我的父亲，鱼缸里的景象从他那双痴迷的眼睛中反射出来，“红绿灯”们扭动身体，珠光蓝在深邃的鱼缸里闪烁，就像休眠火山中蠢蠢欲动的熔岩。我父亲忽然又说，“热带鱼应该生活在海里。”

父亲终究还是出车去了，我记得那天他带的盒饭里有咸菜毛豆和红烧肉。我和母亲送他到小区门口，母亲让他早点回来，说不定还能赶在大年夜一起吃年夜饭。母亲报了一系列菜名：清蒸鱼、四喜烤麸、生牛肉、泡椒凤爪，父亲点点头。户外气温很低，父亲嘴里不断冒出半透明的白雾，仿佛他正轻轻叹着气。

那是我最后一次看见父亲，和我曾经料想的不同，我们并不是在五十年后的病榻上依依不舍地挥别，这告别被提前到了我四年级的隆冬。父亲举手示意我们回去，远远望去，他工作服腋下的地方开了线，我眼睛冻得生疼，只好由着父亲不可挽回地从视线中淡去。

后来，我无数次蜿蜒地绕行在回忆的多面体上，那天半夜的电话铃像把利刃一遍遍刺痛我的每一根神经。电话是母亲接的，她在一片沉默中破口大骂起来，她尖叫着，一条看不见的河流灌入了我们仍泛着油漆味的房间。

过了一会儿，她来到我房间，母亲说，“你爸爸大概死了。”

我的大脑还没酝酿出悲伤的意识，眼泪就已咬碎眼睑，匆匆滚在脸颊上。母亲厉声说，“哭什么，叫魂吗？”

也许就是从那一刻起，我走向了与母亲对立的阵营。墙上葵花状的钟不停地走着，过了十二点，已经是大年夜了。我回头向窗外张望，路灯用千篇一律的橘黄色清洗着马路，一朵烟花在几百米外消逝，细碎的光泽就像漫天飞舞的鱼鳞。

母亲转身走了，继续去和电话里的人争吵。我跳下床，飞快跑进厨房。那一束虚荣的塑料百合花安寝在花瓶里，我的生活此刻正发生风起云涌的变化，可它们丝毫没有受到影响。我仔细打量它们，它们的品种是香水百合，粉色的线条和雀斑开散在花瓣上，毛茸茸的花药从中间伸展出来，一切栩栩如生，假如它们能分泌香气，那和真花也所差无几。不过，它们撩人的姿态并未获得我的怜悯，我抓起蓝花瓶，不假思索地朝着厨房的窗户丢去。我目送它们撞破脆弱的玻璃窗，一头栽倒在外面无穷尽的黑夜里，飞溅的玻璃屑落在我身上，零度以下的冷空气透过窗中央的洞穴直打在我的脸上。

就在那天夜里，我发誓将来要成为一个百合学家。我的办公室后面会有上万亩百合花田，集合了各个种类的百合花，百合之间有时交头接耳，有时针锋相对，它们会在那片花田里淋漓尽致地消耗自己的一生。我所需要做的工作，就是成天看守、研究它们，并说服人们相信那里是全世界所有百合花的故乡。而我，再也不会见到我的母亲，我要把我的母亲永远隔离在百合花田之外。

我和母亲迎来一段漫长而难熬的时光，就像人们想象的那样，一个缺乏父亲的家庭在经济与精神上都很贫瘠，可我们无法顺势与对方更紧密地黏合在一起。我总是情不自禁地翻开包裹在生活缝隙中的仇恨，我一心以为，如果母亲没有为了那三倍工资，没有咄咄逼人地指示父亲去出车，我们现在的生活也许截然不同。母亲自己似乎也这样认为，所以我们平时绝口不提关于父亲的任何事，一旦涉及父亲，对话必然会镀上一层尴尬，我们都不想破坏表面的和平。

可是有一天，我在家门口的红色地毯上换鞋时，母亲忽然叫住我。那时我刚收到大学的录取通知书，还没去学校报道，为了早日从母亲的生活中独立出来，我在家附近的快餐店打工。母亲叫我时，我满手油腻的气味还没洗干净，但我还是走了过去。

母亲说，“我不知道你爸爸那天运的是化学品。”母亲低着头，一边说话一边叠着手里的锡箔，这些显然是将烧给我父亲的，母亲就是用这种迷信的方法年复一年地赎罪。

“什么？”我故意装作不知道的样子。

“如果不是化学品，如果是棉被、水泥、钢材或者橘子；如果，不是化学品，就不会爆炸了。”母亲没有理会我，自顾自地讲了下去。

我的记忆重溯回父亲死去的那一天，尽管我不曾亲眼见过父亲的死亡，那幅爆炸的景象却在我生命中循环播放。父亲端正地坐在驾驶座上，他一生都是很无趣的人，所以他没有染上一般卡车司机热衷的恶习，他开车时从不抽烟，也不唱歌，永远专注地望着前方的路。那些想提前得到祝福的人已开始放烟花，雾霭如薄膜般蒙住了小年夜的天空。玫红色的烟花在不远的地方搔首弄姿，起初我的父亲不为所动，可是高速公路上的烟花那样美，令他想起了他的女儿。女儿到了过年就吵着要买烟花，而毁灭这种浪漫又无意义的愿望是他妻子的强项。于是，每逢年前的那几个夜晚，他就端着茶等在窗口，一看到别人放烟花就招呼女儿过来看。女儿在窄小的房间里跑来跑去，像一台织梭为他的人生织出稀薄的快乐。

烟花不断从路边升起，将我父亲面前的路涂得五光十色。正当我父亲痴迷之际，一团调皮的火星跌在我父亲开的卡车后边，那些化学品是装在铁皮罐头里的，即便如此，也没能阻挡那团见缝插针的火星。在一声巨响之后，其他罐头受到鼓舞似的爆裂开，火焰迅速拥抱了周围的树与卡车，附近的村庄像突然收到一封盛大舞会的请柬，所有房子瞬间被照得明晃晃一片。就这样，我的父亲在那熊熊烈火中失踪了。

我不知道母亲看到的是什么样的情景，在她失去光泽的眼睛背后，火焰究竟呈现出什么形状。我也不想询问她，交换痛苦对我们都没有好处，何况从父亲死的那天起，我们之间便长出某种说不清，却又绵延不绝的东西。

我站在母亲面前，久久不能言语，就像我父亲生前那样。

母亲说，“去吧。”

在母亲死去的两周后，我接到了大学毕业后的第一份面试通知，面试岗位是行政助理。我翻出白衬衫与西装长裤，对着镜子演练了一整晚，尽可能让自己看起来强势可靠。

公司位于一个偏远的创业园区，接待我的是一位三十出头的女人。我按照网上疯传的面试技巧回答了她的问题，但她似乎并不满意。我感到慌张渗透我的静脉，一种自发的高频率音调在我耳边流转。我望着摆在我面前的一次性纸杯，杯子外沿印了这家公司的名字，水顺从地躺在杯子里，映出天花板上故意设计得参差不齐的圆形吊灯。

那个女人叫了一声我的名字，我如梦初醒。她问我，“需要想这么久吗，你从前的理想职业是什么？”

“行政。”我没有再提百合学家，可那悲伤的念头一闪而过，同时给我的脑神经带来一阵迅速的痉挛。

那个女人皱起了眉，鱼尾纹裂得更为深邃，也许在她心里面试已提前结束，但她还是继续问了下去，“为什么？”

“我对办公软件非常熟悉，也很乐意和别人沟通……”

“好的，”她打断了我，“说说人生中对你影响最深的一个人。”

我想了想，我告诉她，是我的母亲。

她笑了起来，散漫的笑声像在水磨石地板上丢了一把弹珠。我只好讲了我母亲的故事，我刚说出我母亲的名字，她就意识到我母亲是谁，在那段时间，作为平民英雄的表彰也好，作为安全防范教育题材也好，毕竟我的母亲成功吸附了新闻焦点。那女人惊讶的目光使我备受鼓舞，谎言匣子在这最恰当的时机打开。我编造了母亲对我的教育，假装自己曾生活在由母爱独立支撑的温暖家庭中，重组并夸大了许多细节。我把母亲描绘成一个与生俱来的英雄，往她消失在火焰中的躯体上贴了各种高尚的标签。

我即是如此，面对一个相见不过半小时的陌生人，以母亲为题材为自己虚构了悲伤。那女人听了却很感动，眼眶里泛出不同于她市侩秉性的湿润。临走的时候，她送我到电梯口，把手放在我肩膀上。她说，“有消息我会通知你的。”直到她开口，才发现自己的声音已变得嘶哑。

离开大楼的时候，我忽然想到，在往后的日子里，为了降低面试官对我刻板的评判标准，我势必会反复利用母亲用死亡换来的名声，一遍遍地销售我虚构的悲伤。就在我领悟到这条捷径的时刻，一种从未有过的强烈悲怆翻越层层酷暑，精确无误地击中了我。我蹲在路边，红灯拦住了几辆汽车，一位司机不耐烦地点燃了一支烟。我打量着这条稍显荒凉的马路，想象每天有无数人从这条路上行走，抵达他们所期待的某个地方，即便夹带或多或少的厌倦，人们还是循规蹈矩地在日常生活的流水线上运行，我的母亲却像偏离轨道的行星一般，再也无法回到她的生活里。

我沿着这条路一直走，几乎是突发奇想地，我跳上了开往发生过煤气爆炸的小区的直达公交车。火灾的阴霾还没有散尽，我们那栋房子依旧被封锁着，不过周围的居民们似乎已经习惯了这种烙有创伤的新生活。六月已近尾声，人们踏着彩色塑料拖鞋走在小区里，瘸腿的狗在草丛里打滚，紫薇花纷纷落在它绒毛上。

那烧毁的房间在七楼，窗户紧闭，母亲就在那里度过深居简出的晚年。上一次见到母亲还是春节，母亲的头发早已褪尽了颜色，白茫茫的一片像野地里的棉花。母亲告诉我，她零零碎碎地死了几位朋友，她自己也时常头晕，很怕像别人一样得脑溢血死去。我坐在母亲对面，桌上小馄饨的热气把我眼镜镜片弄得模模糊糊，我望着母亲渐渐融化在雾气中的模样，忽然觉得她很可怜。然而，我也深深明白，这种客观的同情出落在一个女儿身上未免显得过于冷淡。

正当我不知所措的时候，有人叫出了我的名字。那人消瘦的身体藏在墨绿色的连衣裙下，裙子并不收腰，套在她身上就像一件宽松的道袍。她急切地靠近我，我渐渐看清她眉目的轮廓，连她眼睛下方饼干屑似的老年斑也映入我眼中。她责怪似的对我说，“好几年没看见你了，怎么一读大学就像消失了一样。”

我始终没有想起她是谁，多半是某个旧日的邻居。每个小区都有很多这样的人，你以为你们没什么交集，可她却对你的底细了如指掌。没等我反应过来，她就抓起我的手说，“我前两天去你们楼里，捡到点你妈妈的东西，正好拿给你。”

她一路走，一路喋喋不休，讲述自己如何偷偷溜进那栋被封锁的多层建筑，语速快得容不下标点符号。到了她家楼下，她让我挑个石板凳稍坐一会儿，自己则兴冲冲地上了楼。

我等待着，我发现自己生命中大部分时光都耗费在等待上，等待晦暗的记忆被超度，等待自己成长为一只顺风的风筝，但事后回想，才明白自己只是想以浪费时间的方法去熬过一切苦难。所幸那个女人很快就下来了，她扬了扬眉毛，问我，“怎么样，想起阿姨是谁了吗？”

我摇了摇头，她很失望的样子，说，“阿姨和你妈妈认识好多年了，以前还来你家借过酱油呢。”

她把一个牛皮信封递给我，我伸手接过，正打算离开，她忽然很严肃地对我说，“有件事情我觉得很怪，你知道的，爆炸那天你妈妈本来已经在楼外了，不知道为什么还要进去。”

“我也不知道，大概是想叫别人一起出来。”我如实回答，话说出口时，却感到自己的回答太敷衍。

她的双手插在胸前，我们在光天化日下的沉默中相对而立，她想了一会儿，接着说道，“不是的，你没有看见她冲进去时的表情。有一段时间，她大喊大叫要消防员去救人，但没过多久，她中邪似的冷静下来，什么也不说了。她神情恍惚，似乎看到了什么奇异的景象，我是说，她看见了某种我们看不到的东西，她满脸都是眼泪。你妈妈一直那么强硬，这么多年，我从来没看她哭过……然后，她拼命推开人群，一下子冲进了火里。”

她的声音越来越轻，最后，她说，“我觉得，她是故意想死的。”

我不记得自己怎样辞别了那个女人，好像是熏风把我们吹开了，新的时节马上要驻扎进这座城市，而那些旧时光会随跌落的晚杏一并入土。我走过一盏盏昏黄的路灯，夜风中有一双轻柔的手揉抚着我的脸。

我拆开那个女人给的信封，枕着微亮的路灯与黄昏深处多愁善感的光，母亲的一张旧照片落入我的视线。那是一张特别旧的照片，大约是在八十年代初拍摄的，至少在我出生以前。母亲坐在一条小船上，当时她头发还很长，泛着漆黑的光泽像一场盛况空前的夜。那件烫印着百合花的衬衫在她身上翩翩起舞，再往下是流行一时的千鸟格花纹裤子。令我无法接受的是，照片中的母亲竟然那样年轻，她浅浅地笑着，对接踵而来的人生浑然不知。

照片背面，写着一行娟秀的钢笔字：摄于长风公园游船。时隔多年，墨水不断往照片里渗透，俨然已经成了照片的一部分。

难以言明的伤感达到了巅峰，我这才意识到，母亲为我们辜负了多少美好的时光，而我总是想从互相折磨中找到自己的心理平衡点，对母亲来说又是多么不公平。我所厌恶的一切，比如母亲永远走不出的蝇营狗苟的怪圈，那无非是她悲惨命运的一种折射罢了。

“她是故意想死的。”邻居的话如不断回旋的插曲，把我带回爆炸发生的那一天。

我的母亲望着大火，她觉得那火焰非常熟悉，仿佛从前在哪里见过，可逝去的时间把她的记忆剥得所剩无几，她只感觉有一群蚂蚁在脑子里爬行。蓦地，她恍然大悟过来，她在张牙舞爪的火焰中看见了死去多年的丈夫。天空刹那间被深不见底的黑暗笼罩，却让火势显得更为壮观，四周的烟花接二连三地绽放，像是有人轻轻地鼓掌。丈夫在大火中朝她挥手，他举手投足前依然要迟疑一阵，和他从前一模一样。不知不觉，母亲的眼泪滴落下来，沾湿了她的衣服，蔓延到她穿了十年的布裤子上，最后渗透她的脚。在那个时刻，她终于确信了自己的命运，便一意孤行地奔向了火里。

越过火焰，母亲惊讶地发现自己重新变回了年轻的模样，长发被风吹成黑色的伞。她站在一片百合花田里，层出不穷的颜色与香气，使她觉得世界就像一个万花筒。她抬起头，在那浮云的上方，仿佛站着一位隐形的圣母，不断地将日光泼到花田中，她想尽量洒得均匀，可还是有零星的日光倾泻在地上。

母亲穿行在这斑驳之间，她欣喜若狂，她觉得自己就像一个百合学家。

# 后记：谢谢你们来看这场表演

写这个标题时，我设想了一位小丑。四十年来，他每天都戴一副红白假面表演。他害怕失误，害怕被窥探，害怕某个邻居突然认出他说“啊，竟然是你呀”——幸好这些终究都未发生。在他从业的每一天，当演出结束时，他都认真鞠躬，心中默念：谢谢你们来看这场表演。他真挚地感谢观众，而这真挚背后，实际上隐藏着对自己的宽慰。他试图靠感谢来抵消观众的好意，一种关系始终维持着平衡，也就是说，他们互不亏欠。到他退休这一天，自然，他完全厌倦了这种感谢仪式。他的作法是，大声将这句话喊出来，歇斯底里地，为了破坏他辛勤维护过的一切以及因此承受的孤独。

“谢谢你们来看这场表演——”

我没想为这位小丑套上任何象征服饰。他或许存在，或许不存在，这都与我无关。但他的台词，是我此刻想对读到这里的人说的。同样，带着对精美、意义、安全、逃避、快乐（维度真是五花八门）的厌倦。

这些小说多写于2015年至2017年间，最早一篇《悲伤岛屿》写于2014年，其中便开始有一种笨拙、恐惧重重地向某种东西靠近的姿态。

小说集最初想叫《黑洞与十二故事》。“十二故事”发生在相应的十二个月，互无关联；如今把七月放在第一篇，原因也相当任性，因为七月怀藏着我的生日。“黑洞”则也是字面意思。爱丽丝·门罗在《亚孟森》里写一个男人反悔婚约后，开车将女孩送往回多伦多的火车站，女孩的感受是“每一次拐弯都像从我剩下的人生中剪去一块”。女孩想必还年轻，久而久之，人们便会对心中的黑洞无动于衷——当然，那也是一种安全法则。

在2013年出版《离魂记》时，我仿佛表现得像一个并不坚定的写作者。我自诩懒散（那也是真的），是唯恐对写作抱有期待会拔苗助长，“期待”是毁灭平等的利器。而一旦与写作的关系不再平等，那就会失去“真实”。没错，在此我想讲讲自己写作的原因：我希望通过它抵达“真实”。所谓真实究竟是何物，我不知道，但可以确定的是，它需要被凝视才能慢慢呈现出一种轮廓。并且因为我们的无能，它将永远在相对概念的范畴内。假如有一天你以为自己确切捕捉到它，那么恭喜你又为盲人摸象提供了一个例证。非要归纳一个通用的法则，那暂时可以说的是：沉下去，继续观看，不要轻易下结论。很多年来，为了不影响被观测的事物，我尽可能以温和、弱势、隐形的形态来观察它们，我甚至通过控制意识消除了自己的表达欲，在此也感谢写作稍微容纳了一些反噬的力量。

最后，祝大家都有好运气。

2021.7.24

台风将临的时刻